LADRÕES DE CABRITO

Thalles Gomes

LADRÕES DE CABRITO

1ª edição
EXPRESSÃO POPULAR
São Paulo – 2024

Copyright @ 2024, by Thalles Gomes
Copyright © 2024, by Editora Expressão Popular Ltda

Produção editorial: Miguel Yoshida
Revisão: Miguel Yoshida e Lia Urbini
Projeto gráfico e diagramação: Zap Design
Capa: Felipe Canova
Impressão: Paym

Personagens e situações desta obra são reais apenas no universo da ficção; não se referem e não emitem opinião sobre pessoas e fatos concretos.

Dados Internacionais de Catalogação-na-Publicação (CIP)

G633L Gomes, Thalles
Ladrões de cabrito / Thalles Gomes. -- 1.ed. – São Paulo : Expressão Popular, 2024.
152 p.

ISBN 978-65-5891-150-0

1. Refugiados – Haiti – Relatos. 2. Imigrantes haitianos - Relatos. 3. Imigrantes haitianos – Aspectos sociais. I. Título.

CDU 323.1(729.4)

Elaborada pela bibliotecária: Eliane M. S. Jovanovich - CRB 9/1250

Todos os direitos reservados.
Nenhuma parte desse livro pode ser utilizada ou reproduzida sem a autorização da editora.

1ª edição: dezembro de 2024

EDITORA EXPRESSÃO POPULAR
Alameda Nothmann, 806
CEP 01216-001 – Campos Elíseos, São Paulo, SP
atendimento@expressaopopular.com.br
www.expressaopopular.com.br
🅕 ed.expressaopopular
📷 editoraexpressaopopular

Sumário

Julie, 11

Salvane, 19

Leonel, 23

Jacinta, 27

Oelington, 31

Ivaldo, 37

Débora, 45

Lucia, 53

Deivid, 63

Vanderlei, 75

Vanusa, 83

Sousane, 93

Junior, 103

Keli, 113

Wilson, 127

Judeline, 141

Glossário, 149

Para Anna e Gabo.

*Nenhum branco
seja qual for sua nação
porá os pés nesta terra
como senhor ou proprietário*
Constituição haitiana de 1805

Julie

No frio mar de Garça Torta, ela avançava breu adentro. Primeiro, pela arrebentação, sentindo cada onda chocar forte contra o ventre. Depois, perdendo o chão. Olhos cerrados, corpo à deriva. Um bom jeito de findar. Não fossem os tentáculos chamejantes da água-viva a lembrar que ainda não. De volta à areia, as horas no visor do celular, sobrevivente inesperado como ela, indicavam que o Corujão passaria dali a pouco. Última chance de chegar em casa, engolir algo, banhar e trocar de roupa antes do turno da manhã. Como se possível seguir depois daquela noite.

Cabeça encostada na janela do ônibus pelas ruas vazias e mal iluminadas da madrugada maceioense, sabia que a perdição de agora começara antes, no doze de janeiro de dois mil e dez. Reviveu o zunir dos ouvidos e os olhos vermelhos de pó enquanto caminhava pelos escombros do liceu *Lakwa Sen*. Os quarenta e dois segundos do tremor de terra soterraram as cento e cinquenta e sete meninas que estudavam no espaço mantido por missionárias estrangeiras no bairro de *Bisantnè*, em Porto Príncipe. Números a mais entre os trezentos mil mortos. Não para ela.

Antes mesmo daquele doze acabar, ela decidira largar. A residência no hospital, a tentativa de reatar com o ex, os planos de uma vida ascendente. Não importavam mais. Era preciso encontrar um lugar.

Primeiro, a divisa com a República Dominicana, nas fábricas maquiladoras de artigos de luxo, juntando o dinheiro necessário para os coiotes que prometiam levá-la aos Estados Unidos e a abandonaram à deriva com outras centenas de refugiados no estreito da Flórida.

Deportada ao Haiti, resgatou a papelada da universidade para cavar uma vaga num voo da FAB que levaria jovens haitianos a um intercâmbio em faculdades brasileiras. Seu destino final não seria São Paulo, Rio de Janeiro ou Salvador, cidades que habitavam as bocas dos soldados durante a ocupação das Nações Unidas. De Maceió, nunca ouvira falar.

Não foi o português, aprendido rapidamente por conta do espanhol assimilado nos refeitórios e horas extras das maquiladoras; nem o diploma da Universidade Estatal do Haiti, nunca reconhecido pelo Conselho Nacional de Medicina; tampouco a ajuda das Testemunhas de Jeová, que fizeram campanha em todos os salões do reino da capital para bancar o curso à distância de técnica em enfermagem da nova irmã haitiana – que virou hospedeira de demônios vodu tão logo abandonou os cultos.

Os seis meses de intercâmbio só viraram dez anos na capital alagoana porque Judeline era uma *ti wouj*.

A pele mais clara e os olhos esverdeados, vestígios de uma ascendência europeia escorraçada do país após a revolução de mil oitocentos e quatro, protegeram-na do asco mal disfarçado destinado aos conterrâneos retintos.

Ao adicionar o alisamento do cabelo e um sotaque cuidadosamente afrancesado, Judeline Pinchinati virou Julie

Lenfemiè. Disputada entre as herdeiras das usinas de cana que poderiam sair para seus trabalhos de fachada e festas regadas a pó e ácido enquanto Julie, mandando áudios tranquilizadores que começavam e terminavam sempre em francês, cuidava dos enfermos em suas mansões e apartamentos duplex com vista para o mar.

Era um equilíbrio calculado. Na equação, os assédios barrados por silêncios amargos e dentes matematicamente mostrados garantiam a hora de trabalho três vezes mais cara do que na cooperativa de enfermagem que atendia aos pacientes do SUS em tratamento domiciliar.

Ao limpar xotas e escrotos encarquilhados, um alvará lhe era concedido para outras esferas da intimidade dos poderosos daquela cidade. Não porque virasse da família. O tempo a transformava, ao revés, em utensílio de decoração – ou de limpeza.

Desde o início, compreendeu que seu melhor ativo, além da cor, sotaque e nacionalidade usurpados, era a invisibilidade. Na espera do troco da passagem no ônibus, ao informar os dados do seu RNE para obter descontos nas compras da farmácia, ou mesmo na fila da Western Union para transferir dinheiro à família no Haiti, quanto menos sentissem sua presença, melhor.

Por isso o formigamento ao receber a ligação de um investigador da polícia, convidando-a a comparecer à delegacia.

Uma Fiorino branca fora abandonada nas imediações da Grota do Rafael, na Cidade Universitária, após ter sido usada na fuga de um roubo a uma agência dos Correios. O dono do veículo, levado à delegacia naquela mesma manhã, negava-se a falar.

"Encontramos no fundo de um dos bancos", explicou Ivaldo, antes de lhe passar um *blackberry* preto, modelo antigo, teclado ainda físico, com a tela trincada e capa da bateria presa por fita isolante. "Há áudios trocados com um dos contatos que não conseguimos entender". Descobrir o motivo da convocação aplacou o medo. Por pouco tempo. Ao perceber que as conversas não eram em francês, mas em *kreyòl*, procurou com olhar incrédulo o investigador. Não precisaram trocar palavras. Ele sabia.

Sem cerimônias, Judeline começou a traduzir áudio por áudio, num ritmo mecânico, como quem lê legendas de um filme ruim. Queria acabar logo. Havia um novo turno a cobrir na cooperativa e aquela sala infestada de marimbondos e testosterona lhe engulhava.

A troca de mensagens se estendia por meses. Nada havia além de lembranças do cotidiano haitiano. Até que, num dos últimos áudios, ela ouviu. Sem mudar nada em sua entonação, apenas traduziu.

"Cuidado com os ladrões de cabrito".

"Ladrões de cabrito? O que isso significa?", interrompeu o investigador.

"Não sei, só estou traduzindo o que ele disse".

Mas ela sabia.

Não que tivesse mentido ou inventado. Com o rigor de uma máquina ou aplicativo, traduziu exatamente o que ouviu. Mas a literalidade escondia algo que só quem vagou pelos campos do Haiti durante a ocupação das Nações Unidas saberia.

"Bééé". Era a primeira coisa que qualquer estrangeiro ouvia quando chegava a uma cidade ou vilarejo no interior do país. Não se sabia bem de onde vinha e nunca se descobria quem o pronunciava. Seria uma criança? Um velho feirante? Uma camponesa das montanhas? Impossível saber. Mas ele estava lá e, se você fosse um *blan*, ele te acompanharia por onde fosse.

Algo similar a gringo, mas com maior carga pejorativa, *blan* era o termo usado para designar todos os estrangeiros, fossem brancos, amarelos ou negros.

Desde a dívida da independência imposta pelos franceses na primeira metade do século dezenove, passando por duas décadas de ocupação estadunidense no início do século vinte, uma sangrenta ditadura levada a cabo pelos Duvalier sob os auspícios ocidentais e a mais recente ocupação armada das Nações Unidas, todo estrangeiro em solo haitiano passou a ser visto sob a égide do ódio e do desprezo.

Quando alguns soldados, ainda no início da missão da ONU, roubaram cabritos dos camponeses, essa fúria só aumentou. *Kabrit vòlè*. Ladrões de cabrito.

Judeline sabia. Eram *blan* e não meros ladrões que tensionavam as mensagens no celular.

Aquilo fora há semanas. Não tivera mais notícia da investigação e a memória daquele incidente desbotou-se na rotina de atendimentos domiciliares e plantões. Quando desceu do ônibus, a caminho de casa, sob os primeiros raios de sol que tentavam secar a roupa ainda molhada, não entendeu por que o assunto voltou à sua mente.

Mas, então, tudo fez sentido. Para ela primeiro. Para mim, bem depois.

Parece hora, antes que demasiado tarde, de esclarecer a origem dessas linhas. O que veio antes e o que virá a seguir são frutos de uma árvore insólita, recolhidos no Trapiche da Barra.

A filmagem no fim daquela tarde de setembro tinha como objetivo captar depoimentos para o programa eleitoral de meu cliente, candidato ao Congresso. Falas de enfermeiras que haviam atuado na linha de frente da pandemia e, perdendo na justiça o direito ao reajuste do piso salarial, promoviam uma paralisação em frente ao Hospital Geral do Estado, às margens da avenida Siqueira Campos.

Saindo do ambulatório, Judeline passou apressada pelo aglomerado de jalecos brancos no estacionamento. Foi pega de surpresa pela câmera e microfone inquirindo sua opinião sobre a manifestação.

Quando começou a falar, percebi que não era brasileira, mas segui com a gravação. Poderia usar como fundo de outras falas ou, melhor, para construir uma narrativa favorável ao cliente – até os estrangeiros apoiavam suas pautas.

O amontoado de frases vacilantes logo se transmutou – com a guinada do português ao que me pareceu francês e, só depois, descobri ser *kreyòl* – numa confidência.

Não imaginava, ao desligar a câmera, ter colhido o testemunho de quem ocuparia o banco dos réus de um dos mais emblemáticos julgamentos da história alagoana.

Perdido por meses entre HDs e nuvens de *backup*, transformou-se, ao fim, no último registro de suas palavras.

Pensei aproveitá-lo para um documentário, intercalando--o com imagens de arquivo e falas de policiais, advogados, especialistas, conhecidos. Após cinquenta horas de material coletado, percebi ser impossível.

Mesmo quando mergulhado no mais profundo de seu depoimento, revendo-o ao ponto de tornar minhas as suas palavras, restava sempre a remota perspectiva de retorno à normalidade. Em última instância, tinha o poder de acabar com tudo aquilo embarcando em outras imagens, relatos. Uma desesperança suportável por finita.

Convenci-me, então, de que a exposição direta era o bastante. Sua declaração, sem corte ou tratamento, foi lançada aos confins da internet.

Surpreendeu-me vê-la recortada, editada, comentada em telejornais e postagens virais nas redes sociais. Aquela verdade, que imaginava forte o suficiente para tudo esclarecer, fora subvertida. Um pano de fundo para confirmar opiniões. Entendi, ao cabo. A visceralidade não estava na fala, mas no que ela provocava em mim. Sem essa troca, não passavam de imagens perdidas no oceano de algoritmos.

Voltei às palavras, frutos primeiros daquela árvore fortuita.

No momento em que escrevo estas linhas, tenho um fotograma congelado do instante anterior a Judeline mudar sua língua.

Ela olha para fora do quadro, como a buscar algo.

Vingança.

Descanso.

O que vai escrito pode ser lido de muitas formas. Desagravo, homenagem, denúncia. Algo no meio entre a verdade e o desejo. Um relato desconexo de como aquele testemunho pousou, e pousa, certeiro em mim.

Salvane

Salvane isolou-se desde que as complicações da diabetes transformaram a pequena ferida em gangrena a exigir amputação emergencial de parte da perna esquerda.

A mansão incrustada no ponto mais alto do condomínio em Garça Torta lhe preservava de vizinhos. Não possuindo parentes na cidade, seus contatos se resumiam a raras visitas de farda e empregados que mantinham a casa limpa e as refeições em dia.

A chegada de Judeline mudou esse cenário. Designada pela cooperativa para suturar um carnegão que brotou próximo à amputação, impedindo o encaixe da prótese, caiu no agrado do ex-oficial. Antes mesmo de acabar a primeira visita, já haviam fechado um pacote de sessões para a troca de curativos e recuperação do ferimento.

Mais que os serviços de enfermagem, agradou a Salvane a chance de praticar a língua que venerava em segredo desde que, aos dez anos, por um erro do projetista do antigo Cine Pilarense, assistiu boquiaberto, no lugar de um filme dos Trapalhões, Séverine Serizy encontrar sua salvação no *Belle de Jour*, de Buñuel.

Não entender nada do que falavam só aumentou a fascinação por aqueles corpos brancos, seminus e tristes. *"Après tout, faites ce que vous voulez avec moi!"* foi a única frase que decorou daquela sessão proibida.

Para traduzi-la, aplicou-se com afinco às aulas de francês no colegial, caçando toda revista, livro ou dicionário que passasse pela pequena Pilar e seus pouco mais de dez mil habitantes à beira da Lagoa Manguaba no fim dos anos sessenta.

A possibilidade de reencontrar Catherine Deneuve e outros filmes franceses foi o motivo secreto – talvez principal – de ingressar no serviço militar, primeiro na capital alagoana, depois no Rio de Janeiro. A busca, numa espiral crescente, acabou por talhar seus passos dali por diante.

Judeline não sabia, naquelas primeiras visitas, aonde essa pulsão o levaria. Para ela, as histórias de Salvane eram uma das muitas a lidar com sorrisos de canto e silêncios escolhidos. Ao menos, podia ser falsa em francês.

Não era a língua de seus pais, da rua, das frases ouvidas ao pé do ouvido nas noites de *konpa*. Era o francês, com suas nuances aprendidas a duras penas na escola e aperfeiçoadas na faculdade, que utilizava com amargor na boca. Ainda assim, melhor que o português.

As conversas com Salvane trafegavam entre filmes, músicas, artistas, livros. Um almejando pertencer à cultura adorada, outra controlando o asco de quem se viu obrigada a assimilá-la.

Até que, numa troca de curativo, com a perna semiamputada em suas mãos, ouviu do militar da reserva, entre gargalhadas: "*tèt chaje, mezanmi, tèt chaje*".

A atadura apertou-se com mais força. O sorriso forçou-se ao limite.

O que o *kreyól* fazia na boca daquele *blan*?

Fez-se desentendida. Mas, a partir de então, buscou pelas beiradas tanger as conversas para obter outras recaídas. O arrodeio durou dias, semanas. No início de setembro, o encaixe. Naquela noite, Salvane se abriu mais que o costume. Acabara de receber do alfaiate o uniforme de gala que utilizaria dali a poucos dias. Seria condecorado com a Medalha ao Soldado do Silêncio. Como honraria adicional, desfilaria pela orla, fazendo as vezes de Dom Pedro I nos festejos militares pelos duzentos anos de Independência. Não seria a primeira vez que interpretaria um papel no exército. Lembrou, mal segurando o riso, de como conseguira convencer crianças a visitar as bases da Minustah no interior do Haiti passando-se por primo do Kaká. A pele alva e o cabelo negro eram os únicos pontos em comum entre os dois. Mas, às vésperas da Copa do Mundo, aquela fora a maneira encontrada para superar a desconfiança contra um oficial do exército brasileiro.

O relato terminou aí. Do militar, nada mais se ouviu. Morreu às quinze horas e trinta e sete minutos da tarde do sete de setembro no chão do carro alegórico.

Leonel

Leonel passou alguns segundos sentado à mesa, enorme, feita do miolo de uma piquiá recuperada de queimada, sem nada tocar.

Seu receio era que os pedaços do bezerro desossado, salgado e pendurado ao sol para virar charque naquela tarde se desprendessem de suas unhas e impregnassem as pratas e cristais, infestando o ar-condicionado controlado da sala de jantar com vista panorâmica para a orla.

Um temor dissipado ao lembrar-se do motivo de sua presença ali.

Enquanto um garçom anotava pedidos, Cristiano Vergara sentava-se na ponta da mesa com sua camisa social de iniciais bordadas no peito, arcada completa e currículo padrão para altos executivos – egresso de universidade estrangeira com passagens por bancos e consultorias empresariais, galgando cargos de chefia até assumir a presidência antes dos cinquenta anos.

Além dele, compunham a mesa dois diretores da fundação, um de cada lado, a garantir uma distância segura do chefe aos convidados. À frente de Leonel, longa saia e blusa a cobrir toda possibilidade de pele, Jacinta, cuja voz ouviu somente ao se apresentar. Lucia, a colunista social, completava o rol.

"Por favor, escolham seu prato. Aqui servimos o mesmo que a cantina de nossos centros educacionais. Descobrimos, com o passar do tempo, que uma alimentação escolar balanceada é a chave para garantir a excelência de aprendizagem das crianças e adolescentes".

Enquanto ouvia o anfitrião informar sua opção pelo linguado com legumes salteados ao mesmo tempo que citava dados dos mais recentes estudos internacionais, Leonel correu os olhos pelo cardápio de papel reciclado. Apontou ao garçom o nome mais incomum. Não escondeu a decepção ao descobrir do que se tratava *gnocchi alla putanesca*.

"Ano passado, nossa fundação movimentou 75 milhões de reais em projetos sociais, impactando mais de dois milhões de meninos e meninas. Queremos investir na educação como pilar de uma transformação social capaz de construir um Brasil justo, com cidadãos protagonistas".

Sob o beneplácito dos diretores, Vergara não falou que todos aqueles jantares e ações filantrópicas poderiam ser substituídos por uma única ação: pagar o que lhe cabia dos bilionários impostos e multas atrasados.

Nunca sairia de sua boca recém-submetida ao botox labial que o passivo tributário de sua empresa representava vinte orçamentos anuais da fundação. Tampouco que pretendia postergar o máximo possível o cumprimento de suas obrigações, liquidando as multas menores e recorrendo das maiores.

Leonel não sabia disso. Passaria pela vida sem cruzar com Cristiano não tivesse recebido a ligação de Judeline dias atrás. Contato que não existiria sem a tonelada e meia de requeijão cremoso tombada numa madrugada esburacada da AL-101, prontamente apropriada pelas comunidades rurais da região de Messias.

Foi quando Leonel, cansado dos golpes virtuais e tráfico miúdo que o sustentavam, topou cruzar o estado para revender clandestinamente a mercadoria com a Fiorino branca comprada há anos em um leilão de carros apreendidos. De volta a Messias, ao cruzar o portão de casa certa manhã, nada encontrou. O furgão fora roubado. Pior, com o *blackberry* que teimava em esquecer quando voltava chumbado do bilhar.

Só teve notícias do carro dias depois, ao ser levado preso à delegacia de roubo a banco da capital.

Em silêncio no interrogatório, mal pôde esconder o alívio ao perceber que não se falava em golpes, bocas, pó ou mercadorias contrabandeadas. Tudo girava em torno do assalto a uma agência dos Correios em Rio Largo. Além de não ter pisado por aquelas bandas, os sinuqueiros do bar do Bigode lhe dariam o álibi necessário.

Sobre os áudios com Oelington, nada a preocupar. Estavam em *kreyòl*, um hábito que desenvolveram desde o regresso da missão de paz. Uma forma de manter viva a língua aprendida durante o serviço no Haiti e colocar a cota diária de sal na ferida que carregavam.

Quando as investigações levaram à prisão da quadrilha Sedex, como ficou conhecido o grupo responsável pelos assaltos na zona da mata alagoana, Leonel foi solto com a Fiorino, não sem antes raspar as economias para pagar as multas e licenciamento atrasados.

Poeira baixada, dívidas batendo à porta, planejou nova empreitada. Antes de cair na estrada, recebeu uma ligação. Número oculto, voz feminina, em *kreyòl*. "Eu sei dos ladrões de cabrito".

Marcaram um almoço. Leonel chamou o parceiro.

Não foi preciso muito tempo para perceberem que ela sabia bem mais do que os áudios trocados no *blackberry*. E tinha algo a oferecer.

O convite recebido por Leonel para participar do jantar beneficente em prol dos missionários e ex-combatentes seria a oportunidade ideal.

Cristiano Vergara não era o único da lista.

Jacinta

"A quem perguntasse por essas bandas, iam dizer: ele era bom. Nunca fez nada errado, sempre pelo certo. E, num momento daqueles, pegaram ele e fizeram o que fizeram. Tem gente que perde filho em acidente e até hoje sente uma dor por dentro. Imagine perder tudo numa situação desta. Fazer o quê? Enterrar. Mais um pra debaixo da terra. Um tiro no peito, dois no rosto. Treze anos. Estava conosco desde os sete. Fizemos de tudo para ele ter uma vida melhor. E pra quê? Quem não morrer, vai ser expulso mesmo. A casa dos pais já está na lista dos imóveis condenados. Tudo pescador. Não tem outro serviço. Sustento é a lagoa. Caranguejeiros, aratuzeiros, marisqueiras. Tem todo pescador aqui. E quando forem arrancados? Tristeza, viu... Quando mais nova eu sonhava muito andando à noite por terras estranhas. Entrava em casas grandes que não tinham mais tamanho. Casa muito grande. Daí por diante ficava lutando para sair. Ia numa porta, ia noutra, achava umas fechadas... lutava. Mas sempre, por fim, sempre eu achava uma que saía. Nunca fiquei trancada. Eu achava uma saída. Atravessava. Não sei se consigo mais".

As ruelas de barro batido e esgoto a céu aberto da favela do Muvuca, espremidas entre as margens da lagoa Mundaú e o Papódromo, não diferiam muito das de *Bisantnè*, pensava Judeline enquanto ouvia o desabafo de Jacinta.

Acompanhando a senhora franzina que caminhava apressada, sem se incomodar com o suor a brotar em grandes bolhas no pouco de pele à mostra em seu diminuto e ágil corpo, outro elemento remeteu ao bairro de Porto Príncipe. O odor que emanava do lixão a céu aberto em que se transformara o espaço criado para celebrar a primeira e única visita de um Santo Padre àquelas terras era o mesmo que saía dos escombros nos dias seguintes ao terremoto. Uma lembrança, desconfiava Judeline, que a religiosa também compartilhava.

Para confirmar a suspeita, voluntariou-se ao mutirão de atendimentos básicos de saúde que a organização missionária promoveria naquele final de semana nas favelas do Dique Estrada. Chegou nas primeiras horas da manhã, pouco antes dos moradores fecharem a avenida em protesto contra a operação policial da madrugada anterior, que culminou com a morte de Lândio, um dos jovens integrantes do programa de bolsa de estudos coordenado por Jacinta.

Chamada de irmã por todos, intermediando as negociações entre protestantes e polícia, concedendo entrevistas aos telejornais locais e consolando os familiares em luto, Jacinta só conseguiu dar atenção à nova voluntária quando a manhã se aproximava do fim.

O projeto de revitalização, que prometia transformar o Papódromo num centro de referência de assistência social ao custo da expulsão dos moradores, dividia opiniões. Jacinta defendia a permanência das famílias pescadoras. Sua alternativa era a doação do terreno para a construção de uma filial do Colégio Santíssima Cruz voltada exclusivamente para as crianças e adolescentes do entorno – alguns deles, como o agora falecido Lândio, já bolsistas da unidade principal, localizada num dos metros quadrados mais caros da praia de Ponta Verde. Nada disso, contudo, importava a Judeline. Naquele momento, só uma pergunta a movia: o que Jacinta fizera no Haiti com Salvane? Descobrira a foto na terceira visita após o fatídico *tèt chaje*, a expressão em *kreyòl* que ouvira do militar. Desde aquele dia, aguçara sentidos para quaisquer indícios ou pistas que explicassem a relação com sua terra natal.

Durante um atendimento, na falta de gaze e esparadrapo, foi-lhe permitido subir ao banheiro da suíte, no andar superior, para buscar uma reposição. No pouco tempo calculado para desbravar o quarto sem gerar suspeitas, achou na gaveta da cômoda, ao lado esquerdo da cama, um álbum de fotografias com capa de papelão da Kodak. Dentro, fotos de meninos e meninas. Dezenas. Das mais variadas localidades. No terço final, reconheceu bairros e vilarejos haitianos. No meio, o registro de meninas em trajes escolares à frente do liceu *Lakwa Sen*, em Porto Príncipe.

Planejou confrontar Jacinta ao ver impresso, ao lado de uma das matérias do jornal local, o semblante envelhecido da mesma missionária branca que ocupava um dos extremos da fotografia roubada do álbum de Salvane.

Com o retrato no bolso, pretendia inquirir a religiosa num dos cômodos da casa evangelizadora, no primeiro momento a sós naquele domingo de mutirão na favela do Muvuca.

Duas batidas à porta frustraram seus planos. Era Ivaldo, o investigador da polícia, com ordens para colher depoimento das duas.

Sem nada falar, Judeline estendeu a foto de Porto Príncipe tão logo a viatura saiu. Sentadas no banco de trás, corpos quase grudados a ponto de se perceber um sobressalto da respiração e certo enrijecimento do tronco, a missionária afastava e aproximava a imagem de seu rosto, como a buscar um foco. Ou distância.

"Quando você sai para uma missão, quer levar fartura, barriga cheia. Não dá pra dizer paciência, paciência, vai chegar. É a miséria. Você se sente Moisés, guiando o povo para um lugar de libertação. A terra prometida".

Devolveu a fotografia.

"Nem sempre é assim".

Oelington

Pés em brasa pelas horas de caminhada a esmo. Restos de orvalho nas folhas dos canaviais, tão afiadas a ponto de cortar a pele ao toque. O motor distante dos treminhões embalando um sol acanhado sobre as colinas. A fria máquina do tempo a moer-lhe mais um dia.

A centelha de sol que alcançou o rosto de Oelington, obrigando-o a fechar por um instante os olhos, trouxe à mente a visão de costume.

Sozinho, amarrado à corda da âncora para que as ondas ou o sono não o derrubassem do barco de pesca com motor quebrado, via um anjo descer do firmamento e lhe surrar sem piedade. Cabelo escalpelado, costelas roídas, balbuciava: "Senhor, não sou digno que entreis em minha morada, mas dizei uma só palavra e serei salvo". Não havia resposta ou revelação. O anjo escarrava em seu rosto e voltava aos céus.

Ao abrir os olhos, perguntou-se, como sempre, qual a palavra capaz de salvá-lo.

Sol já a pino, regressou ao casebre mínimo. Fogo morto, não havia mais sinal da menina com as mãos queimadas na tentativa inútil de aplacar as chamas. Tampouco do velho aos prantos e da mulher absorta pelo estalar das brasas. Só o

fedor de plástico, metal e madeira consumidos pelo incêndio que Oelington provocara.
Uma cena repetida à exaustão nos últimos meses. Mesmo enredo, novos personagens. E, a cada noite, finda a expulsão de mais uma família de moradores, rumava sem direção pelas estradas de barro da usina. À mente, uma passagem das Escrituras. "Eu formo a luz e crio as trevas, eu faço a paz e crio o mal".
Nessas andanças, não perguntava por que se transformara no sórdido capataz de agora. A trilha que o levara até ali já fora remoída. A dúvida era outra.
E se houvesse uma segunda chance?
Por mais que maldissesse, a resposta era a mesma.
A ligação de Leonel colocou a certeza à prova.
Estranhou o número no identificador de chamadas do celular. A comunicação entre eles sempre se dera por mensagens. As tentativas seguiram por toda manhã. Só atendeu após o áudio. Uma única frase.
"*Koupe tèt, boule kay*".
Oelington ouvira aquelas palavras pela primeira vez há mais de uma década, nas montanhas do extremo norte do Haiti. Não seriam repetidas ao acaso.
Naquele agosto de dois mil e dez, na base da Minustah, em *Kap Ayisyen*, o comandante foi sucinto nas instruções. Haveria um encontro nacional de voduizantes e era preciso monitorar qualquer atividade ou discussão suspeita. Sob seu comando, Oelington teria Leonel e outros dois soldados chilenos.
Passou-lhe um recorte do *Haïti Progrès* da semana anterior. Uma matéria informava que uma organização chamada *Zantray*, sigla para *Zanfan Tradisyon Ayisyen*, estava construindo, ao lado de outros seiscentos centros vodu, a Confederação Nacional dos Voduizantes Haitianos.

No meio da página, a foto estampada de uma mulher negra na faixa dos sessenta anos, rosto tomado pelo suor, usando um vestido vermelho e uma bolsa pendurada em um dos ombros. Ao fundo, mulheres empunhavam cartazes e batiam palmas no que parecia ser uma das centenas de manifestações que tomavam as ruas do país naqueles dias. Olhos fechados por conta da força do sol, ou do desprezo, a mulher empunhava um cartaz rasgado em um dos lados, com letras de forma numa caligrafia exímia. *Rekonstriksyon peyi a ak refondasyon anba dikta Minustah? Non, non, non.* As três últimas palavras sublinhadas cinco vezes.

Na legenda da foto, lia-se: Cécile Tibos, *Zantray*. Ao lado, destacado em negrito, um trecho de sua entrevista, que Oelington conseguiu traduzir com ajuda de Leonel, àquela altura da missão mais avançado no *kreyòl*.

"Boukmann não construiu o *Bwa Kayiman* para servirmos ao estrangeiro. Foi por meio do vodu que nossos ancestrais derrotaram a exploração e será a partir dele que vamos tirar a nação de onde ela se encontra".

Oelington sabia que qualquer disfarce seria inútil. Era um estrangeiro, identificado de pronto ao pisar em qualquer recinto daquela ilha, mesmo sendo, ele próprio, negro.

Por isso, ao chegar nas primeiras horas da manhã à comuna de *Mòn Wouj*, buscou a casa de Cécile Tibos para comunicar que faria a segurança do encontro da *Zantray* naquele catorze de agosto, último dia dos festejos da celebração de *Bwa Kayiman*.

"Não havia brancos há duzentos e dezenove anos. Não haverá agora", respondeu, com o mesmo semblante que ostentava na foto estampada pelo jornal.

Mirou Oelington e Leonel.

"Vocês podem. Eles não."

Era o suficiente. Enquanto os dois fariam a atividade de campo, os soldados chilenos, atiradores recém-incorporados ao pelotão, sem compreender uma palavra em *kreyòl*, buscariam visão privilegiada do alto dos montes que circundavam o local de celebração.

"Eu sou haitiana. Eu saí do ventre da África Guiné. Eu fui transportada para o Haiti. Eu misturei meu sangue com o sangue dos indígenas, que foram os primeiros donos desta terra. Eu misturei meu sangue com o sangue dos brancos, que me escravizaram. Eu sou haitiana. Ser que é feito de corpo, ser que é feito de alma. O poder de *Olowoun* me deu a responsabilidade de conduzir, respeitar e aproveitar tudo aquilo que eu posso ver e tudo aquilo que eu não posso ver sobre esta terra."

Cécile proferiu essas palavras de forma ritmada ao microfone, acompanhada em coro por camponeses oriundos dos mais recônditos rincões e que se espremiam em torno de um palco improvisado para ouvir a reza de abertura do último dia de celebração.

Oelington esforçava-se por compreender o que era dito. A dicção enfática de Cécile, como a selar em cada palavra um novo pacto com os presentes, ajudava-o. Leonel confirmava o que lhe fugia.

A *manbo* relembrou que, na noite de catorze de agosto de mil setecentos e noventa e um, os ancestrais daqueles mesmos camponeses se reuniram nas matas onde agora pisavam, convocados diretamente por Boukmann, sacerdote vodu.

Os *lwas* decidiram reuni-los. Não para pedir-lhes, mas para comunicar: era hora. Sob o sangue de um porco sacrificado, selaram o pacto. *Koupe tèt, boule kay.* Cabeças cortadas, casas queimadas. Esse seria seu lema até a derrota final dos exércitos estrangeiros e a vitória da primeira revolução de escravizados das Américas. Desde então, cada catorze de agosto é festejado.

"Passados mais de dois séculos desde que os nossos ancestrais decidiram se levantar contra o mal que assolava a nação, vivemos hoje sob o jugo da mesma exploração, da mesma miséria."
Entre palmas e gritos de *"ayibobo"*, Cécile concluiu.
"Precisamos de um novo Boukmann, de um novo Dessalines entre nós!"
A partir daí, as lembranças de Oelington se embaralham. No relatório ao comandante, informou que um dos soldados chilenos confundiu os guinchos do porco sacrificado com gritos humanos e, ao divisar o reluzir de um facão banhado de sangue, atirou ao alto. Na confusão que se seguiu, vendo alguns camponeses gritando e rumando em sua direção, descarregou o fuzil. Seu conterrâneo o acompanhou. Dezenas de feridos. Onze mortos.
O caso foi abafado. À imprensa, o comando da Minustah relatou se tratar de atentado de viés religioso perpetrado pela população evangélica contrária ao vodu.
Mas Oelington não fora apenas testemunha do massacre.
No negror, sacou sua arma e mirou os corpos que corriam para se esconder nas matas.
"Koupe tèt, boule kay", urrava.
Só Leonel viu. Não disparou. Tampouco falou. Nem mesmo quando o colega tropeçou no corpo de uma jovem e, desperto do surto, pediu que o ajudasse a levá-la ao hospital mais próximo.
"Mal temos condições para um parto, que dirá extrair uma bala", falou a médica, apressada, enquanto tentava estancar o sangue que trespassava o vestido amarelo cintilante e se esvaía pelo leito de cimento.

Aquele assunto não veio mais à tona desde o retorno da missão, o desligamento do exército e o convite para assumir a chefia de segurança da usina falida.

Por isso a perturbação de Oelington ao receber o áudio com a frase. Retornou a ligação.

No dia seguinte, ao sentar com Leonel na mesa do restaurante por quilo no Bom Parto, em Maceió, não teve dúvidas.

A mulher que se apresentava como Judeline era a médica daquele catorze de agosto.

Ivaldo

Os picos de pressão acima dos vinte afastavam Ivaldo cada vez mais do serviço. Negada a antecipação da aposentadoria, contabilizava os dias restantes para o tempo mínimo de contribuição com o mesmo afinco dos presos nas celas do Baldomero Cavalcante. Quando sentia a cabeça tilintar e certo formigamento subir pelo braço, escapava com Nilcio para a estreita faixa de terra entre a Lagoa Mundaú e o Oceano Atlântico, no Pontal da Barra. A pesca de molinete foi o único esporte que resistiu à obesidade adquirida após largar o cigarro. Naquela manhã de domingo, retirando o sargaço enganchado no anzol para repor a isca, tentava dar sentido aos eventos recentes.

Dois homicídios no meio do feriadão. Nada fora do comum para quem se acostumara a lidar com mais de cem corpos batendo à porta do IML por mês. Não fosse a cor, renda e local das mortes: branca, rica e orla. Um militar da reserva, um executivo de alto escalão.

O mar estava agitado. A maré puxava a cada novo refluxo da arrebentação. A vara de bambu vergava. Até uma nova onda distensionar a linha e o ciclo recomeçar. Aquela repetição fazia Ivaldo esquecer, mesmo que por alguns minutos, a imprensa em polvorosa, o delegado em seu encalço e o secretário de segurança pública cobrando suspeitos, prisões.

A linha não afrouxou passadas duas ondas. Aguardou a terceira, a quarta, antes de levantar-se da cadeira afundada na areia fofa, sob a proteção do guarda-sol.

Correu para a beira-mar, tirou a vara do suporte e começou a recolher a linha, tensa a ponto de quase romper. Não era sargaço. Podia sentir as puxadas.

Minutos depois, avistou o borrão cinzento, circular, em seus últimos esforços de fuga.

"Vai dar uma bela moqueca", comentou Nilcio, enquanto pegava a peixeira para cortar o aguilhão na ponta da cauda e evitar a ferroada antes de tirá-la do anzol.

Já na areia seca, a arraia expeliu filhotes. Jogados na água, não resistiram. Boiaram nas ondas até encalhar de vez.

"Onde se meteram?", perguntou o delegado ao telefone.

"Vão para a Álvaro Otacílio, meia, sete, nove, um".

Ao desligar, olharam-se.

Mais um.

Encerraram a pesca. Não haveria moqueca.

As marcas da maresia espalhavam-se pela fachada. Na ponta da praia de Jatiúca, o laranja desbotado do prédio destoava das varandas espelhadas de seus vizinhos.

Não havia guarita. Pelo interfone, Nilcio se identificou. Atravessaram o estacionamento até o pequeno saguão. De pé, suando, ressabiado, o porteiro os recebeu à frente de sua mesa de trabalho. "Vanderlei", apresentou-se enquanto os conduzia até a porta corta-fogo. Depois dos três andares de escada, o motivo.

Esparramado no chão, jazia um corpo ainda mais largo que o de Ivaldo. As pernas barravam a porta do elevador.

Sentada num canto do corredor, uma mulher comprimia cubos de gelo encobertos por um pano de prato contra o lado esquerdo da cabeça, achatando o louro artificial do cabelo. A água derretida se misturava ao sangue e escorria pelo vestido tomara-que-caia.

"O que aconteceu aqui, dona...?", perguntou Nilcio, enquanto confirmava a falta de batimentos do defunto.

"Shirlei", respondeu.

Após um relato fragmentado por soluços e afirmações de inocência, conseguiram um panorama da situação.

Na saída da cobertura, à espera do elevador, o homem começou a tossir e reclamar de falta de ar. Já dentro, a pele enroxou. Com dificuldade, tirou o celular do bolso. "Vem logo", gravou antes de apertar os botões do painel. Quando a porta se abriu, deu dois passos cambaleantes e tombou para trás. Na queda, acertou-a, fazendo-a bater a cabeça no vidro do elevador. Ao recobrar a consciência, o porteiro já estava a seu lado, oferecendo água num copo plástico.

"Onde está o celular?", indagou Ivaldo depois de averiguar com a ponta de uma caneta que todos os bolsos do morto estavam vazios.

Shirlei e Vanderlei entreolharam-se.

"Ela levou", o porteiro quebrou o silêncio.

"Quem?"

"Babalu", respondeu Shirlei. Diante da reação de todos, só completou, "foi assim que se apresentou quando entrei no carro ontem à noite".

Nilcio se voltou ao rosto estrebuchado.

"Peraí".

Pegou o próprio celular e, depois de alguns segundos, mostrou a Ivaldo.

Na tela, o perfil de uma rede social. *Tocomariel*, lia-se. Na foto, o defunto.

Com a chegada do legista, subiram à cobertura. Vanderlei selecionou uma das chaves de seu molho. "Era para a diarista", explicou, voz falha, enquanto abria a porta.

O bebê não pode ser sentenciado à morte sem culpa nem julgamento. O estuprador pelo menos poupou a vida da mulher – senão ela não estaria grávida. É justo que se faça com a criança o que nem sequer o agressor fez com a mãe?

Enquanto vasculhavam os cômodos do apartamento, Nilcio reproduziu no viva-voz os últimos vídeos publicados na rede social. Eram trechos de uma audiência pública ocorrida dias antes no plenário da assembleia legislativa.

Todo brasileiro de bem, e o alagoano ainda mais, sempre defendeu a vida. Mesmo assim, a gente vê essa sanha abortista querendo inverter a vontade do povo e do legislador com interpretações descabidas para facilitar a prática do crime de aborto. Não dá para aceitar essa aberração de usar o nosso dinheiro para financiar o extermínio de bebês por meio do SUS.

Garrafas e copos se espalhavam pela sala, tomada por uma tevê de polegadas desproporcionais. Com a mesma ponta de caneta, Ivaldo pressionou os botões do controle. Uma cena de dupla penetração tomou o lugar. Gemidos se misturaram à voz de Ariel Reis pelos cômodos do apartamento com vista privilegiada para o mar e a lagoa da Anta.

Se a mulher tem o direito de proteger seu corpo, aquele filho que está lá, temporariamente, e não tem como se defender, precisa ser levado em consideração também. Por isso advogamos uma harmoniosa relação entre mãe e bebê na defesa do interesse de ambos. Os direitos da mãe não podem suprimir os do bebê e vice-versa.

Na suíte, banheira ainda cheia, lençóis amassados, restos de uma carreira. Na gaveta da cômoda, preservativos, um livro dos Salmos.

Pensem comigo. Metade das crianças concebidas, fruto ou não de estupro, são meninas. Tão mulheres como suas próprias mães. Se o argumento das abortistas é de que a mulher deve decidir, pergunto aos senhores deputados: qual delas? A grande ou a pequena? A de dentro ou a de fora? A que sobreviveu à violência ou aquela ameaçada de morte ainda no útero?

Os vídeos acabavam aí. A última publicação na rede social era uma convocação para panfletagem contra o aborto, que culminaria com a marcha pela vida durante os festejos do sete de setembro.

Na descida, passando novamente pelo terceiro andar, Ivaldo perguntou ao legista sobre o laudo do executivo encontrado morto no dia anterior.

"Alta concentração de ácido cianídrico no sangue", respondeu Deivid enquanto averiguava as pupilas do morto. "Esse aqui não deve ser diferente".

Três dias, três mortos, três envenenamentos. E o domingo ainda não tinha acabado.

De volta à recepção, reviram as imagens das câmeras de segurança. Às 2h34, um sedan chumbo entra no estacionamento e para na vaga da cobertura. Por uma das portas de trás, saem Shirlei e Ariel. Pela outra, uma mulher alta, cabelos negros, pele parda. A distância da câmera para a vaga da garagem não permite enxergar maiores detalhes de sua fisionomia. "Babalu", concluem.

Enquanto Ariel e Shirlei caminham abraçados, aos risos, é possível ver a mulher pegando algo da mão do motorista, que sai em seguida. Os vidros fumês não permitem identificá-lo.

No elevador, Babalu acomoda-se em um dos cantos, logo abaixo da câmera, de modo a deixar à mostra apenas suas costas e cabelo. A mesma posição da saída, na manhã seguinte. Logo após Ariel desabar, ela parece agachar-se para socorrê-lo, mas sai com o celular dele em uma das mãos. Com a outra, ajusta a peruca. Não há câmeras nas escadas. Ela ressurge apressada pelo saguão de entrada, cruza o estacionamento com a cabeça levemente abaixada e a mão cobrindo parte do rosto. Na frente do prédio, um carro a espera.

Ivaldo pede para congelar a imagem. Já vira aquela Fiorino antes.

"Passe na Favela do Muvuca. Quero ouvir a tal irmã", ordenou o delegado depois de receber o relatório parcial de Ivaldo ao telefone. Jacinta dividira a mesa com Ariel na audiência pública da assembleia legislativa. Em paralelo, Nilcio falaria com a esposa da vítima, agora viúva.

Não estava nos planos de Ivaldo levar a haitiana. Mas, ao chegar no Vergel, a reação da enfermeira o fez mudar de ideia.

A primeira vez que ouvira a seu respeito foi na visita a um amigo meses atrás. Elogios a seus dotes, profissionais e físicos. Levantou sua capivara por conta. Um costume desenvolvido após décadas chafurdando na violência que movia as tripas daquela cidade.

Não lhe pareceu uma mentira digna de preocupação tomar-se por francesa. Mas, ao se deparar com aquela língua estranha durante a investigação da quadrilha Sedex, não teve dúvidas.

Algo, contudo, mudara desde que fora convocada para a tradução das mensagens semanas atrás.

Pelo retrovisor, acompanhou a interação no banco traseiro da viatura.

Quando Jacinta devolveu uma foto que estava em suas mãos, cicatrizes em seu pulso e antebraço foram rapidamente recobertas pela longa manga da camisa. Um chamado da central pelo rádio comunicador não permitiu escutar o que ela falou. Só a resposta de Judeline.

"*Bel dan pa di zanmi*".

Débora

Não conseguia desligar.
Afastou o aparelho do ouvido. Olhou na tela a foto do homem sorridente de jaleco, à frente do que parecia ser a recepção de um consultório médico. Ouviu distante a voz. "Senhora? Senhora Débora? Ainda está aí?"
Aproximou-se do leito. Conferiu a oxigenação. Mediu a constância dos batimentos cardíacos. Retirou a máscara de oxigênio com cuidado. Encostou-se ao rosto para sentir o hálito quente e o odor de antibiótico que saía de sua boca. Ele estava bem. A plantonista acabara de passar. Era só mais uma crise de asma. Receberia alta em breve. Aquela ligação não fazia sentido.
Aproximou o dedo do botão vermelho que daria fim à encenação funesta.
Não conseguiu.
"Podemos seguir com o procedimento? Sei que é uma situação difícil, mas não temos muito tempo".
Desconfiou desde o início, mas a certeza só veio quando a voz rebuscada por termos técnicos falou em transferência antecipada para garantir o deslocamento do maquinário que

confirmaria o diagnóstico a tempo de ministrar o único medicamento capaz de interromper a proliferação da leucemia.
"Sim. O que preciso fazer?"
A visão de células cancerígenas comendo seu filho por dentro tomara sua mente. O corpo magro, definhado, sem cabelo, só pele, osso e sorriso amarelado nas extremidades por conta da higienização preguiçosa após as refeições, pedindo para ver os gols da última rodada entre tosses secas e respiração ofegante.

Já não distinguia o temor pela morte iminente do filho e a culpa por quase cair em um golpe daquele tipo. Outros poderiam se deixar convencer, não ela.

Mesmo assim, algo a fazia seguir.

Não seria capaz de admitir, mas uma parte diminuta dela queria que fosse verdade.

Cumpriria à risca o ritual de mãe solo ao lado do rebento em fase terminal. Receberia a solidariedade de familiares e amizades desbotadas. Aproveitaria qualquer oportunidade aberta com os pêsames para sair daquela cidade, abandonar a cordialidade mecânica misturada ao mormaço de mangues soterrados e esquecer por completo os sobrenomes perpetuados ano após ano em manchetes e cargos públicos.

Tudo aquilo que Débora suportava desde que retornara à casa dos pais após abandonar o doutorado no exterior por conta da gravidez inesperada, ver seu corpo desconfigurar-se semana após semana e vagar pela cidade natal como figurante numa refilmagem de baixo orçamento. Aguardando um grito de "corta" que nunca chegava.

A entrada da responsável pela limpeza do quarto a tirou do transe, dando o impulso final para terminar a ligação.

Denunciou o golpe à equipe médica do hospital. Soube que um apartamento do mesmo andar recebera ligação semelhante. Uma quadrilha estava ativa há semanas. Deixou claro o desconforto com a suspeita de vazamento dos dados e prontuário médico de seu filho. Sua desconfiança era generalizada. Médicas, enfermeiras, faxineiras. Queria alta imediata. A chefe do plantão tentou dissuadi-la. Importante que ele ficasse mais uma noite em observação hospitalar. Débora manteve-se irredutível.

Cinco horas após desligar o telefone com o golpista, estava na área de serviço do apartamento de seus pais, adaptada para conceder-lhe os únicos dez metros quadrados de privacidade que lhe restavam. Enquanto o filho dormia à base de corticoides, broncodilatadores e uma maratona de episódios do desenho preferido, Débora levantava o que podia sobre o dono da voz.

"Você não quer salvar seu filho...?"

Aquela última pergunta, cortada no meio pouco antes de interromper a ligação, seguia ressoando. Cada vez que a repetia entre dentes, mais forte sentia a chacota mal disfarçada.

Precisava saber quem estava por trás dela.

Na madrugada insone, sob a luz fraca que furava a fresta da porta do banheiro, checando repetidas vezes a saturação sem movimentos bruscos para não acordar a criança, fez uma devassa em buscadores, portais de notícias, *sites* da justiça e bancos de dados da polícia. Até encontrar, numa rede social, o nome e a foto que apareciam no aplicativo de troca de mensagens de onde se originou o chamado. Eram de um médico carioca. Clicou numa entrevista em vídeo. A voz não batia. O sotaque era outro. Clonado.

Pelos dias que seguiram, levantou matérias e reportagens sobre quadrilhas envolvidas em golpes virtuais. Anotou os nomes de todos os suspeitos ou indiciados.

Eram muitos. Centenas. Impossível realizar com cada um deles a mesma devassa do nome inicial. Decidiu adotar como parâmetro a existência de alguma entrevista em rádio ou telejornal.

O bico como microtrabalhadora na Mechanical Turk, da Amazon, recebendo centavos de dólar para repetir tarefas tão aleatórias como traduzir expressões, identificar objetos em uma foto, reconhecer conteúdos nocivos ou classificar posições sexuais, ajudou-a a treinar os algoritmos de suas próprias redes sociais para que exibissem apenas cortes de entrevistas de programas policiais.

De início, surgiram os cômicos, bêbados, excêntricos. Lapidou ainda mais. Primeiro para excluir os do sul. Pelo sotaque da ligação, intuía ser da mesma origem que ela, capital ou zona da mata nordestina. Em seguida, direcionou para depoimentos mais sóbrios, soturnos – condizentes, em sua cabeça, com alguém disposto a dar um golpe em pessoas com familiares na UTI.

Não teve sucesso. As pistas não levavam a nada. Nenhum deles parecia se encaixar no perfil. A procura se estendeu por semanas.

Até se deparar com o depoimento de um suspeito libertado após a polícia confirmar que seu carro fora furtado por uma quadrilha envolvida em roubos a agências dos Correios de pequenas cidades no entorno de Maceió.

Na saída da delegacia, ele tentava se desviar das perguntas tendenciosas da repórter em busca de alguma declaração mais contundente pelos tantos dias de prisão injusta.

Leonel Almeida – era o nome na legenda – encerrou a entrevista com um sorriso

"Isso é passado, *monchè*".

Aquela última palavra travou Débora. Voltou o vídeo. Uma. Duas. Inúmeras vezes.

Era a mesma que ouviu ao desligar a ligação no hospital. "Você não quer salvar seu filho, *monchè*?" Descobrir o significado no aplicativo de tradução só aumentou seu asco.

Não foi difícil levantar os dados do furgão cuja placa anteviu na reportagem. Com o endereço de Messias, pediu à mãe o carro emprestado e que cuidasse do filho no dia seguinte. Conseguira uma entrevista de emprego num bairro distante e passaria a manhã fora, inventou.

Apesar dos menos de quarenta quilômetros que a separavam da capital, nunca visitara aquela cidade. Ao passar por sua entrada, na rodovia que levava ao sul do estado, imaginava-a mais um dormitório de cortadores de cana, prestadores de serviço precarizados e camponeses expulsos das usinas, além de cabedal de empregos públicos para fazendeiros locais.

Chegando no meio da manhã, percorreu a única rua asfaltada que cortava Messias até as imediações do Cemitério Novo. A Fiorino estava parada em frente à casa trinta e sete.

À distância segura, viu o dono da voz cruzar o portão com o celular ao ouvido e entrar apressado no carro.

Seguindo-o até a saída da cidade, observou-o pegar a direção contrária à capital e, alguns quilômetros à frente, virar numa pequena entrada à beira da rodovia.

Débora teve medo de se embrenhar na estrada de barro que serpenteava um dos canaviais.

Retornou a um posto de gasolina e aguardou que o furgão passasse de volta. Vinte minutos depois, estava de novo em seu encalço. Agora rumo a Maceió.

Não foi difícil mantê-lo em seu campo de visão. Sem novas paradas, seguiram o fluxo que os levariam até o centro, não fosse a guinada à direita no meio da Avenida Fernandes Lima.

Em frente a um restaurante por quilo, já no bairro do Bom Parto, saíram da Fiorino o dono da voz e outro homem. Ocuparam uma mesa nos fundos. Pareciam esperar por uma terceira pessoa. O acompanhante, teso, percorria visualmente o estabelecimento de tempos em tempos, lotado de trabalhadores da obra que interditara uma rua próxima.

Com o cheiro da restinga da Lagoa Mundaú invadindo suas narinas, Débora sentou-se duas mesas afastada. A proliferação de uniformes azuis com listras verdes cortando dorso e joelhos chamou sua atenção. Conseguiu ler em um deles o nome S_, pequeno, na altura do peito. O esforço a fez descuidar-se e, quando percebeu, havia cruzado a mirada do acompanhante.

Por um breve instante, viu desmoronar a firmeza no semblante do estranho, como se ele acabasse de reconhecer um fantasma do passado. Paralisada, demorou a perceber que o olhar era direcionado a uma mulher que acabara de entrar no restaurante e, cruzando o salão, sentara ao lado do dono da voz, de costas para Débora.

Convicta de que ali se reunia a quadrilha do golpe, decidiu aproximar-se. Levantou e se direcionou ao *buffet*. Não conseguiu pescar nada do que falavam, mesmo diminuindo o ritmo ao passar pela mesa. Pareciam conversar em outra língua.

Servindo-se, Débora conseguiu finalmente encarar de frente a mulher. Não saberia dizer se ela ordenava ou suplicava.

Tomada por um misto de medo e empatia, concluiu, por fim, que poderia ser uma vítima como ela. Estava ali coagida, para pagar algum resgate. Por baixo da mesa, talvez, uma arma lhe era apontada.

Precisava fazer algo. Poderia fingir um tropeço e derramar a comida do prato em cima do dono da voz, dando à mulher o tempo necessário para se levantar e fugir.

Loucura. Colocar-se em risco por uma desconhecida. O que estava pensando? Melhor sair daquele restaurante o mais rápido possível. Esquecer a perseguição. Seu filho, apesar de tudo, estava bem, recuperado. E ela não caiu em nenhum golpe, afinal. Faria uma denúncia anônima e deixaria à polícia a investigação.

Um puxão em seu antebraço interrompeu o caminhar.

"Aonde vai com tanta pressa, *monchè*?"

Lucia

A elegância clean do bon vivant Cris Vergara no casual dinner em homenagem aos bravos heroes de nossas Forças Armadas. A foto de Vergara, sorridente, à ponta de uma imponente mesa de madeira rústica, ocupava o centro da coluna social. Mas não era a única daquela edição. Na capa, seu antebraço jazia para fora de uma cama, ao lado de policiais e legistas. *Presidente da S_ encontrado morto em hotel da orla; polícia não descarta suicídio*, informava a manchete. Lucia não se conformava com a gafe. Na noite anterior, tão logo Keli, sua assistente, encaminhou a notícia da morte do alto executivo, pediu ao editor do Caderno B que retirasse a foto e nota da coluna que assinava aos domingos. Não houve tempo.

Agora, folheando o jornal, percebeu que Vergara não era o único morto da coluna. Na parte inferior, após duas fotos em que ela própria aparecia rodeada de outras mulheres durante a *vernissage* de um ateliê de vestidos de noiva inaugurado por uma amiga na Pajuçara, era possível ver um oficial paramentado com uniforme de gala do exército, trajando em um dos peitos uma medalha amarela com lucerna vermelha e espada prateada por sobre o mapa do Brasil. "O oficial da reserva Salvane Miranda, em seu último *click* pouco antes do desfile da pátria #RIP".

Uma ligação interrompeu a leitura.

"Bom dia. Falo com a senhora Lucia?"

"Quem deseja?"

"Nilcio Costa, polícia civil."

"Em que posso ajudar?"

"A senhora é a esposa de Ariel Reis?"

"Ex".

"Precisamos conversar".

"Por quê?"

"Explico ao vivo. Está em sua residência?"

Lucia aproveitou os poucos minutos antes da chegada do investigador para se trocar. No meio do *closet*, indecisa sobre qual combinação usar, perdeu-se em devaneios sobre como gostaria de estampar as capas das revistas semanais, caso presa. Optou pelo básico, jeans e blusa preta. Os óculos escuros completariam a composição. *Dark* e misteriosa, anteviu a legenda.

O que Ariel teria feito? Navegou pelas redes sociais do ex-marido para encontrar alguma pista, mas a última postagem era de dois dias atrás, à frente de uma enorme faixa que servia como abre-alas da marcha pela vida. *O aborto é hoje o maior destruidor da paz no mundo*.

A assessora dele enviara a mesma foto, pedindo-lhe que divulgasse em sua coluna. Negou. Não por discordância. Era ela, também, uma defensora da proteção da vida desde a concepção, apesar de um já longínquo procedimento clandestino na adolescência.

O motivo era outro. Depois de anos construindo a imagem pública de casal feliz e filantropo, com presença carimbada em todos os eventos da cidade, esforçou-se ao máximo para que a separação não ocupasse nenhuma linha de coluna ou *site*. Conseguiu, não sem cobrar favores e assumir novos compromissos.

A saída definitiva do apartamento há pouco mais de um ano coincidiu com um aumento de aparições públicas do ex. Motociatas, vigílias, inspeções surpresas a clínicas e hospitais, audiências públicas, cultos. Não era preciso muito para concluir que Ariel estava em campanha antecipada. Aquilo a preocupava. Uma devassa em seu passado jogaria holofotes em acontecimentos que nem todos os contatos e influência conseguiriam abafar.

"Qual foi a última vez que falou com seu ex-marido?", perguntou Nilcio, de pé, ao lado do sofá da sala, após recusar o café que a empregada oferecera.

Lucia levou a xícara à boca, a terceira daquela manhã, sondando as palavras enquanto aguardava a saída da funcionária.

"No camarote do desfile de sete setembro".

Era difícil assimilar que aquele mesmo Ariel de apertos de mãos e sorrisos calculados no sol de quase meio dia estava, agora, morto. Nilcio informou o local e as circunstâncias em que o corpo fora encontrado. Lucia procurou demonstrar desconhecimento, mesmo sabendo como ninguém a localização da marmita, como era conhecida a cobertura.

"Quem entra nela é comida", repetiu para si o complemento do trocadilho, tão batido por Ariel.

Reconstituindo aquele último encontro no camarote, reviveu uma vez mais o desconforto que sentiu com o aperto nos dois braços, pouco acima dos cotovelos, força intencionalmente excessiva para lhe causar dor, antes de puxá-la a seu encontro, dar-lhe dois beijos e um "como vai, guerreira?", sorridente, alto, para ser ouvido pelo entorno.

Guerreira. Foi ela quem lhe sugeriu adotar o adjetivo como padrão de cumprimento no lugar do "lindinha", que ele usava comumente. Neutro e elogiativo. Mais apropriado para aparições públicas.

Depois de cumprimentá-la, Ariel percorreu as fileiras do camarote, em continuação a seu périplo de pré-candidato informal à assembleia legislativa. A passagem foi rápida. Precisava voltar à liderança da marcha, que se encontrava naquele momento em frente ao camarote, antes da banda de fanfarra de estudantes das escolas estaduais, responsável pela abertura oficial dos festejos da pátria.

Com duas pessoas, contudo, deteve-se por mais tempo, conversando ao ouvido e aguardando aprovações com o olhar. Lucia deu-se conta: eram os dois mortos de sua coluna.

Não citou esse detalhe a Nilcio.

"Foi rápido. Estava apressado por conta da passeata", falou apenas.

"Ele conversou com mais alguém?"

"Não reparei".

O investigador não retrucou, mas a desconfiança habitava seu olhar. Engolindo em seco, Lucia entendeu. Aquela não era uma conversa com o familiar de uma vítima. Ela era uma suspeita.

"Ele relatou alguma desavença ou ameaça recentemente?"

Pousou a xícara no centro de vidro, ganhando tempo para a resposta.

"Desde a separação, nossas conversas perderam esse grau de intimidade".

Os pensamentos de Lucia já estavam distantes. Queria que o mal travestido interrogatório terminasse logo. Precisava assumir o papel de viúva entristecida enquanto mapearia as poucas fichas que lhe restavam para levantar informações sobre as acompanhantes da última jornada na marmita, antes que o escândalo tomasse os portais de notícias e redes sociais. Mais importante: apagar os rastros que a conectavam a Salvane e Vergara. As respostas evasivas cansaram, finalmente, Nilcio. Concedeu a Lucia seus pêsames e informou que entraria em contato nos próximos dias para dar detalhes sobre o avanço das investigações e, quem sabe, convidá-la a um possível depoimento. Foi o mote para perguntar quem era o delegado à frente do caso.

"Ah, conheço", respondeu, escondendo o primeiro alívio da manhã. Há pouco mais de um mês, publicara em sua coluna dominical, com destaque, fotos da festa de 15 anos da filha do delegado.

'Estão me sufocando'. *Foi o grito que escutei no caminho para o Hotel Roi Christophe naquela tarde de abril de dois mil e dez. O pedido de socorro, em um francês sofrido, vinha de uma base das Nações Unidas na cidade de* Kap Ayisyen, *no Norte do Haiti. No dia seguinte, uma matéria de jornal informava que um haitiano havia invadido a base militar e se enforcado. Tinha 13 anos. Gerald Jean Gilles, ainda lembro o nome dele. A nota divulgada pelos oficiais da Minustah não explicava, porém, como ele havia conseguido invadir a base militar, amarrar uma corda no pátio e se enforcar sem que nenhum soldado tomasse conhecimento. Aquele foi meu cartão de visitas. Deveria ter entendido. Mas só acabei aprendendo no tempo.*

Lucia leu afoita a transcrição do depoimento que irmã Jacinta concedera naquela manhã, único resultado da persuasão camuflada junto ao delegado. Dali em diante, o contato deveria se dar com os investigadores, ele ressaltou.

Na primeira passagem de olhos, confortou-a não ver seu nome em nenhuma das cinco páginas do documento. Mas, depois, ao ler com mais atenção, uma cólera a tomou. Aquela mulher falara mais, bem mais do que devia. Muito do que lera já ouvira da própria boca de Jacinta. A temporada missionária na América Central, com passagem pelo Haiti bem no auge da convulsão pós-golpe de estado e deposição do presidente Jean-Bertrand Aristide, em dois mil e quatro. O sequestro por uma das gangues que assolavam o país, quando retornava de uma atividade com crianças da favela de *Site Soley*, na periferia de Porto Príncipe. O resgate por um batalhão da Minustah, comandado por Salvane Miranda. A relação que se estreitou, desde então, com os oficiais das Forças Armadas brasileiras que apoiaram a construção do Liceu *Lakwa Sen*. A continuidade da parceria com ações de caridade e evangelização em solo alagoano, contando com apoio de Cristiano Vergara e do diretor da organização sem fins lucrativos Santíssima Cruz, Ariel Reis. O retorno à ilha caribenha para apoiar os órfãos sobreviventes do terremoto de dois mil e dez.

Essa era a narrativa, lapidada com apoio da própria Lucia para emocionar potenciais doadores e angariar os recursos necessários às atividades da organização. Aí Jacinta devia parar. Mas não.

Nos dias que se seguiram ao terremoto, Porto Príncipe se tornou a meca da piedade alheia. As ruínas ainda dificultavam o tráfego pelas ruas e não se via nenhuma movimentação para a retirada de escombros ou reconstrução de casas e edifícios, mas, sobrevoando a capital em helicópteros, políticos e personalidades expressavam sua compaixão, declarando com voz embargada suas condolências perante as câmeras de televisão e reafirmando compromissos de ajuda às vítimas. Eu não tinha mais estômago para toda aquela compaixão com prazo de validade. Não permitiria que minhas crianças passassem por aquilo. Precisava tirá-las daquela terra amaldiçoada. Conversando com religiosas de outros países, pensamos em usar a rota da República Dominicana. Mas, bem naqueles dias, estourou nos jornais a prisão de missionários americanos da New Life Children's Refuge, *detidos atravessando a fronteira com algumas crianças. Conversei com Ariel. Acertei com Salvane. Um avião com cisternas e doações coletadas retornaria na próxima semana. Vinte e três anjinhos teriam vida nova no Brasil.*

A cada linha, um formigamento tomava Lucia. Primeiro pelo braço esquerdo. Depois costas, peito. A dormência se transformou em queimação. Não era apenas raiva. Escreveu a uma amiga, pedindo o contato da enfermeira particular que cuidava dos pais dela. Falta de ar, tontura. A resposta demorou. Chamou um carro pelo aplicativo. No caminho para o hospital, ao passar a mão pelo pescoço, sentiu falta do colar azul que lhe servia de proteção. A amiga respondeu, finalmente. Digitou com dificuldade o número compartilhado. Mas a dor já havia tomado seu maxilar e ela só conseguiu falar: "Julie?"

Quando abriu os olhos, estava num leito. Não reconheceu a decoração do Arthur Ramos, hospital coberto por seu plano. Em sua bata, ao contrário, as iniciais do Hospital Geral do Estado. Tudo o que menos queria. Morrer no Trapiche, à beira do Mundaú.

"Como está, senhora Lucia?"

O sotaque levemente afrancesado da enfermeira confortou-a, como uma garantia de que ela não era mais uma paciente de pronto-socorro público. Reconheceu as feições e o porte contido, com movimentos circunspectos, que a tornavam quase imperceptível quando visitava o duplex da amiga.

"O que houve? Por que estou aqui?"

"A senhora teve um princípio de infarto assim que me ligou, mais cedo. O motorista do aplicativo pegou o telefone que caiu de sua mão e, como eu ainda estava na linha, pediu ajuda. Disse que a levaria para o hospital mais próximo. Estou acompanhando-a desde então".

"Quando poderei sair?"

"O médico plantonista passará em breve para detalhar seu quadro".

"Onde está meu celular?"

"Aqui. Precisei usar sua digital para desbloquear o acesso e entrar em contato com algum parente".

"Conseguiu?"

"Liguei para o último número registrado antes do meu. Sua amiga está a caminho".

"Nem sei como agradecer".

"Não tive mais notícias das crianças. Voltei ao Brasil meses depois. Pensei que as encontraria nos nossos lares e abrigos. Mas ninguém ouvira falar delas".

A enfermeira parou por um breve momento a leitura em voz alta, levantou os olhos da tela de seu próprio celular e, diante do assombro de Lucia, falou apenas: "Eu estava lá quando Jacinta deu esse depoimento".

O monitor apitou com mais força, indicando uma variação excessiva nos batimentos cardíacos da paciente. A enfermeira caminhou em sua direção, apertou um dos botões para cessar o alarme, caminhou à porta para garantir que não havia ninguém se aproximando, encostou-a, postou-se de pé à frente do leito, inclinou levemente a parte superior, de modo a que seus olhos pudessem cruzar com os de Lucia, e retornou à leitura.

"Questionei Ariel. Tão logo o avião pousou em solo brasileiro, ele explicou, as crianças foram entregues aos cuidados do governo para os procedimentos de asilo e adoção. Tudo correu em sigilo para preservar suas identidades. Perguntei se poderia visitar o orfanato onde estavam. Ariel dificultou, disse que era no norte do país, mas que tentaria. Nunca retornou. Numa conversa com Salvane, após seu retorno da missão, toquei no assunto. Um breve espasmo retesou sua fronte antes de forçar uma expressão inicial de esquecimento e acabar por reproduzir, sem muitas variações, a versão de Ariel. Sabia que algo não se encaixava. Devia ter fuçado mais. Acabei mergulhada nas tragédias locais. Desabrigados, famintos, drogados. Tanto a fazer. Mas aquelas meninas nunca saíram de minhas orações".

"Não sei do que está falando", interrompeu Lucia, apertando freneticamente o botão vermelho de emergência.

"*Se pa vre, madam, se pa vre*", respondeu Judeline, pouco antes de manipular a bolsa de soro injetável.

Deivid

Contra o vento poeirento de Porto Príncipe, o trepidar da moto trouxe as lembranças da noite anterior. Sua pele era tão negra quanto o fechar de olhos e só quis saber meu nome na cama. Os bicos dos seios salientes, contrastando com o corpo diminuto. Duas montanhas. Dye mon, gen mon, lembrei ao apertá-los.

Três cadáveres em três dias. Não de notas espremidas nas páginas policiais ou de menores identificados por iniciais somados às estatísticas anuais. Desta vez, estampavam capas com nome completo, idade, profissão, depoimento de familiares, esclarecimentos de delegado encarregado e coletiva com o secretário de segurança pública sobre o rumo das investigações.

Não era o único motivo que os unia, sabia Deivid. Mesmo com variações, a concentração de ácido cianídrico era alta o suficiente para enquadrá-los no cento e vinte um, parágrafo segundo, inciso terceiro do Código Penal.

Homicídio qualificado por envenenamento.

A presença era tão forte no último que não houve tempo para a usual gradação de vômitos e diarreias sanguinolentas ocorrida nos dois primeiros. Entre a convulsão final no elevador do prédio à beira-mar de Jatiúca e a intoxicação inicial não passaram mais de cinco horas.

Resíduos de ricina em pó misturados aos de cocaína foram detectados nas vias nasais da vítima, identificada como Ariel Reis, 39 anos, 6 meses e 8 dias. A mesma mistura presente em uma das carreiras do apartamento.

No segundo cadáver, traços do veneno estavam por todo trato gastrointestinal. As manchas ao redor da boca de Cristiano Vergara, 48 anos, 11 meses e 27 dias, indicavam via oral como contato original. Funcionários da cozinha e do serviço de quarto foram interrogados, mas não se detectou nenhum vestígio nas dependências do hotel de luxo em que a vítima foi encontrada. A suspeita recaiu sobre o jantar beneficente da noite anterior ao óbito.

Passeou os dedos por entre os pelos do meu peito e, sem alarde, levou-os abaixo. De início, aquilo me intimidou. Tentei dar uma resposta viril. Sem sucesso, decidi aproveitar o calor umedecido que os dedos finos transmitiam. A manhã já se antevia pelas frestas da janela. Aquele espécime me atraía.

Os laudos da morte de Vergara e Reis ainda estavam em finalização quando Deivid compartilhou os achados com Ivaldo, investigador principal designado para o caso. Naquele momento, só os dois sabiam que se tratava de um triplo homicídio com mesma autoria. Para a imprensa, vazara apenas a causa da morte do primeiro cadáver. Até porque milhares testemunharam a convulsão final de Salvane Miranda, 54 anos e dois dias.

No carro alegórico do desfile de sete de setembro não foram encontrados traços de ricina em pó. Tampouco nas vias nasais ou oral da vítima. O quadro clínico dificultou o laudo conclusivo de Deivid. Diabetes crônica, amputação de membro inferior, uso medicinal de morfina e canabidiol para alívio das dores provocadas pela osteomielite. Só com o exame toxicológico foi possível identificar a presença do ácido cianídrico no sangue. Intoxicação venosa, misturada aos medicamentos injetáveis de rotina, com diferença de vinte a trinta horas entre a administração e o óbito.

Mas não contara tudo ao investigador.

Difícil não olhar. Frescos e molhados, duros, caídos, murchos ou arrebitados. Havia seios por toda a parte. Alguns em pleno broto, ansiando por um toque, um beijo ou um simples contemplar. Outros já passados, derrotados pelos dias e noites de trabalho e prazer, miravam resignados o chão. Todos, sem exceção, pareciam assobiar em meus ouvidos uma cantiga sem tempo, um canto de sereia que meus olhos ávidos não conseguiam evitar. O banho de rio ao final da tarde era o momento mais esperado do dia.

Aquele caso atiçara em Deivid um viço que não sentia desde os primeiros anos da faculdade. Naqueles tempos, pelas madrugadas insones na beliche compartilhada da residência universitária na praça Sinimbú, as teses de Beccaria, Lombroso, Ferri, Garofalo e todo manual ou compêndio de criminologia que lhe caía às mãos ajudaram não só a cozer a saudade dos familiares e amigos deixados em União dos Palmares, como sedimentaram o foco que lhe guiaria por todo o curso de direito.

Devorando filmes sobre crimes emblemáticos e julgamentos históricos, já se via conduzindo a acusação em casos de repercussão nacional nos Tribunais do Júri de São Paulo, Rio de Janeiro ou Porto Alegre. Concedendo entrevistas nas escadarias dos prédios de arquitetura neocolonial duvidosa, vestindo a toga preta por cima do terno, escolhendo as melhores palavras e entonação para influenciar jurados, sentindo em suas veias o poder sobre a vida dos réus enquanto fazia justiça à morte das vítimas.

"Conduzir viaturas oficiais para realizar a coleta e transporte de cadáveres ou parte deles; participar de ações integradas com as demais forças policiais e arrecadar objetos utilizados na prática de crimes, elaborando boletim de ocorrência contendo circunstâncias do fato, nomes de testemunhas e policiais presentes; auxiliar na realização de exames em pessoas vivas, cadáveres, ossadas, vísceras, matéria orgânica, partes do corpo humano, vestes, tecidos, tóxicos, venenos e produtos químicos, visando esclarecimento e produção de prova de crimes". Não precisou ler mais para concluir que o edital do concurso de nível médio para auxiliar de perícia da polícia científica de Alagoas seria o passo inicial de sua carreira – além de conceder a renda suficiente para arcar com o aluguel e livrar-se do alojamento universitário.

Três lâmpadas roxas iluminavam o interior do antigo casarão. Não bastasse ser o único estrangeiro sentado naquele inferninho, minha camisa branca ganhava um brilho especial na falsa escuridão daquelas luzes. A cerveja nativa, forte e amarga, sorvida em pequenas garrafas de xarope, esvaía paulatinamente o senso de ridículo. Levantei de supetão e, controlando uma leve tontura, segui em direção à jovem da mesa ao lado que me mirava esquiva desde o primeiro momento em que botei os pés no One Love Dance & Drink. *"Danse?" A negativa indolente com a cabeça feriu-me o orgulho e, quando já me encaminhava para uma nova garrafa, senti um leve roçar na mão direita. Era uma negra de metro e oitenta, cabelo curto, peitos medianos e, grata surpresa ao se levantar, par de nádegas protuberantes.*

Passando sem dificuldades no certame da polícia, Deivid traçou seus próximos passos tão logo foi convocado para tomar posse. Oito horas de jornada no Instituto Médico Legal, aulas da faculdade à noite e, das quatro às oito da manhã, espartanamente, estudos para o concurso do Ministério Público. Pelos seus cálculos, a conclusão de sua graduação casaria com a abertura de nova seleção na promotoria de São Paulo.

À época, seu salário era destinado essencialmente aos gastos com materiais preparatórios, cursinhos e viagens para provas em outros estados. O que sobrava, dividia entre as despesas básicas de sobrevivência – moradia, alimentação, transporte e transferências à mãe, cuja aposentadoria como merendeira da rede de ensino municipal de União não dava conta dos remédios controlados e cuidados com o Alzheimer, cada vez mais avançado.

Ao sair da prova oral do 93º concurso de ingresso na carreira do Ministério Público do Estado de São Paulo, Deivid sentia que galgara o último degrau de sua ascensão social. Havia respondido aos questionamentos da banca com segurança, sem gaguejar. O resultado sairia em algumas semanas, mas sua confiança era tal que se permitiu alguns dias de licença no IML para aproveitar mais a cidade, caminhando a esmo pelos bairros da região central, entrando e saindo de estações de metrô só para deixar a direita livre nas escadas rolantes, decifrando os pixos espalhados por muros e fachadas, ambientando-se com a sinfonia de carros, motos e obras, sorvendo sotaques e línguas distintas nas calçadas e bares.

Fez sinal com os olhos em direção a um canto do bar e, sem mais delongas, conduziu-me pelo braço rumo à pista de dança. Na verdade, um quartinho sem iluminação escondido ao lado do balcão. Começamos então a dançar o ritmo mais próximo a uma relação sexual que já experimentei. Principiando com dois pra lá e dois pra cá, pouco a pouco nossos corpos se aproximaram, sem pressa, sem afoite. Quando estávamos totalmente colados, os movimentos pubianos diminuíram gradativamente até chegar ao ponto em que era possível sentir os pelos por debaixo da roupa um do outro. Foi quando comecei a ouvir frases soltas. Pela repetição, compreendi apenas lamour, kòb, Brezil. *Girei-a devagar e a apertei uma última vez antes de deixá-la plantada no meio do salão. Não havia tesão que resistisse.*

Foi grande o baque ao não ver seu nome entre os aprovados. Por dias, repisou cada frase, palavra e entonação da entrevista final para tentar desvendar a razão dos três décimos que o separavam do último da lista. Acompanhou até o prazo final de validade do edital o diário oficial do estado de São Paulo na expectativa de desistência de alguns dos convocados. Em vão.

Encerrou as contas nas redes sociais e silenciou grupos de troca de mensagens. Difícil ler os recados de incentivo ou compartilhamentos de aprovação. Motivou-o, também, a desavença com um colega, com quem firmara sociedade para atuação conjunta em pequenas causas no juizado das relações de consumo da capital, único exercício da advocacia compatível com seu cargo na polícia científica.

Seu público-alvo eram cidadãos isolados em busca de acesso a serviços básicos de saúde, educação e lazer. De tanto ver os advogados de seguradoras de saúde e operadoras de telefonia utilizarem brechas e artimanhas processuais para inviabilizar ou postergar ao máximo o pagamento de indenizações, Deivid decidiu pôr em prática algumas de suas técnicas periciais e começou a falsificar assinaturas em documentos probatórios juntados aos autos. Uma, duas, três vezes. Até perder a conta.

Teria passado despercebido se não fosse flagrado pelo próprio sócio, que não só rompeu a sociedade, como o denunciou à OAB. O registro foi cassado num processo disciplinar corrido à revelia.

Com uma leve dor no estômago a acusar a falta de almoço e espremido entre dois passageiros, minha perna esquerda já apresentava sinais de dormência quando o ônibus parou numa pequena estação à beira da estrada, na altura de Sen Mak. "Blan, blan", *gritou sorrindo o ambulante que se pendurou na janela do coletivo para oferecer água em saquinhos e refrigerantes Toro. Recebendo minha negativa muda, respondeu com o mesmo sorriso de antes: "masisi". Os passageiros riram baixo ao redor. Não era a primeira vez. A diferença é que, passado um mês de Caribe nas costas, sabia o que significava.* Aquilo não passaria barato na próxima ronda.

A morte da mãe rompeu o último vínculo de Deivid com União dos Palmares. Não retornou à cidade natal após a missa de sétimo dia na Igreja de São Sebastião. Sem forças para novos concursos, as gratificações por tempo de serviço, licenças-prêmios quinquenais e outros penduricalhos do serviço público o resignaram à ascensão lenta e sem percalços na polícia científica. Não precisava de muito mais para viver em Maceió, a cidade do salto interrompido. Melhor que União, pior que São Paulo.

Talvez por isso a animação momentânea dos últimos dias. As três mortes de jornal eram uma brisa fresca no mar rotineiro de choques hemorrágicos provocados por objetos pontiagudos, projéteis de arma de fogo e ingestão de raticidas.

À exceção do mesmo composto químico, nada mais parecia uni-las. Um influenciador digital contra aborto. Um alto executivo conhecido por suas ações filantrópicas. Um militar da reserva. Trajetórias distintas. Círculos de convívio apartados. Poucos registros públicos de interação.

Resgatou o velho livro sobre usos diversos de veneno ao longo da humanidade, cujo capítulo sobre indígenas sul-americanos ainda continha o grifo na nota de rodapé que falava das flechas envenenadas utilizadas pelos Tapuias durante as guerras da cabanagem do século dezenove em Alagoas. Mas o composto das zarabatanas não batia com o de seus cadáveres. A aposta de Deivid era que a ricina usada nas intoxicações fora extraída de sementes de mamona.

A chuva castigou com mais intensidade o telhado de zinco e pela janela divisei quatro cabritos e um boi preto estagnados sob a tempestade. Sem nada melhor para fazer, resolvi acompanhá-los num banho de chuva. A água escorria das quinas do telhado mais fria do que previ. Foi quando um dos cabritos rompeu a passividade que nos enjaulava e chacoalhou para espantar o frio. A temporada de ciclones se avizinha, *pensei.*

Boa frase para terminar o livro, lia-se em uma das anotações marginais. Havia rigor naquela escrita. Talhada, talvez, pela rotina de lançamentos das taxas de glicose. Três vezes ao dia, religiosamente. Os cadernos de Salvane se sucediam, sempre com o mesmo conteúdo. Até que, no miolo de uma das brochuras, o padrão de números foi abandonado por uma série de parágrafos, sem ordem ou continuidade aparente. Sobre a primeira versão escrita a lápis, era possível ver palavras, trechos e até frases inteiras apagadas à borracha ou riscadas à caneta vermelha. A mesma usada para destacar com um círculo o título inicial do diário. *Séverines.*

As informações sobre o ex-oficial eram escassas. A participação na Missão das Nações Unidas para a Estabilização no Haiti gerou apenas breve menção em matéria de jornal que louvava os esforços de soldados e oficiais brasileiros na busca por sobreviventes ao terremoto de doze de janeiro de dois mil e dez. A aparição no desfile de sete de setembro fora um ponto fora da curva em uma rotina marcada pela reserva.

Por isso a surpresa com aquelas anotações em formato de memórias. O intuito de Deivid era averiguar alguma mudança brusca nos dias anteriores ao óbito. Acabou descobrindo o fio que, acreditava, ataria as três mortes.

A moto que dividia com outros dois passageiros começou a engasgar. Fini gas, gritou o condutor. Descemos o restante da ladeira na banguela e, a seis quadras da base, o último suspiro do motor. Paguei a contragosto o mototaxista e segui a pé. A distância não era grande e, como sempre, havia muito movimento nas ruas. Mesmo assim, temi. Não estava acostumado a andar à paisana. Na falta de um fuzil, apalpei os bolsos da calça e encontrei quinze goudes. Comprei uma porção de banana frita e tentei digerir o medo pelas ruas esburacadas da Delmas 46.

Deivid aguçara ouvidos para captar a conversa dos investigadores com o porteiro do prédio na beira-mar de Jatiúca, mas só conseguira ouvir "Babalu". Após a saída dos policiais da cena do crime, reviu as imagens.

Apesar do esforço em esconder seu rosto, uma das mulheres lhe pareceu familiar. A suspeita foi sanada com a câmera do corredor, virada para a porta do elevador. Ao agachar-se para retirar o celular da mão da vítima durante os últimos espasmos de sua convulsão, era possível ver uma pequena mancha entre as covinhas de vênus da lombar da mulher. A qualidade da imagem não permitia distinguir bem o formato, mas não havia dúvidas para Deivid. Tratava-se de uma tatuagem em formato de borboleta.

A mulher do vídeo era Débora, sua colega de faculdade. Dividiram uma disciplina eletiva nos primeiros anos do curso, ministrada por uma juíza aposentada que só a ofertava no período matutino. Por conta da proximidade dos nomes na lista de chamada, acabaram sorteados como dupla para uma apresentação sobre o *Caso dos exploradores de caverna*. As duas reuniões na biblioteca marcaram Deivid. A proximidade com o perfume adocicado e a antevisão da tatuagem visitaram-no por muito tempo. Décadas depois, ainda era incapaz de esquecê-las.

No grupo silenciado da turma da faculdade, encontrou seu número.

"Eu sei da Babalu", escreveu.

Diante da falta de interação, completou.

"Posso ajudar".

A resposta só veio na manhã seguinte, com o endereço de um bar no Pinheiro. "Às 20h".

Não avisou ninguém. Chegou antes do horário marcado. Havia pouco movimento no local. Em sua maioria, trabalhadores de saída do que parecia ser uma obra de manutenção de esgotos. Avistara algumas ruas interditadas nas proximidades, com enormes fossas abertas. Nas tevês espalhadas pelo salão, uma compilação de clipes do Alejandro Sanz. Cantarolando, relaxou. Pediu o drinque mais caro. Repetiu.

Na terceira dose, tentou lembrar o nome dos pássaros.

Na noite anterior, pouco antes de adormecer à frente da tevê, ouvira o narrador de um dos canais de vida selvagem retratar os machos de uma espécie como representantes do que ele chamava de teoria da desvantagem. Em contraposição ao instinto de sobrevivência, aqueles pássaros praticavam voluntariamente atos nobres, como alimentar ninhos de casais alheios e colocar-se na linha de frente no embate com grupos rivais, em troca, apenas, de prestígio.

Tagarelas-árabes, lembrou.

Na quarta dose, chegou Débora.

Ou Babalu?

Não estava sozinha. Um homem sentou-se à mesa com ela, à frente de Deivid. Seria o garçom? Já não conseguia distinguir. "*Aprè dans tanbou lou, kanmarad*". Que língua era aquela? Tentou responder, mas as palavras não conseguiam ultrapassar a barreira da boca. Náuseas e contrações tomaram seu corpo e, antes de perder a consciência, deu-se conta, mirando o drinque.

De início, como era de se esperar, o blan *de minha pele causou certo desconforto e me banhei solitário. Vieram os meninos e sua curiosidade pueril. Seus risos atraíram as lavadeiras, que deitaram a trouxa à beira do canal e, de pernas abertas, batiam, esfregavam, ensaboavam, lavavam. As roupas. Por fim, conquistando a confiança geral, sem saber como, pude me somar ao balneário coletivo. A consciência de minha sordidez só não era maior que a vergonha. Até me dar conta de que não passava de mero objeto de desforra. As donas de cada um daqueles seios guardavam para si uma vil satisfação em mostrar-me sem embaraços seus corpos talhados pela bruteza do sol. Sabiam que eu nunca os possuiria. E quanto mais sabiam, mais os exibiam. E os molhavam. E me tentavam. Era uma vingança. Talvez a única que lhes restava.*

Vanderlei

A menina estava com raiva. De fazer bico e cruzar os braços.
"Vai, vô, só um pedaço!"
"Hoje não."
Toda terça, final de tarde, Vanderlei escapava da portaria para pegar a neta na saída da escola. Ficava com ela até a filha se liberar do serviço.
"Mas, vô, é quebra-queixo. Só um, vai! Faz tanto tempo."
Também era o doce preferido dele.
"Não."
"Mas, mas... eu juro que escovo os dentes. Duas vezes. E passo fio dental. Por favor!"
O vendedor virava a esquina.
"Já falei que não".
"Ô, vô...."
A menina caiu no pranto. Pendurando-se em sua mão e arrastando os pés no chão, tentava, em vão, detê-lo.
"Por que, vô, por quê?"
Vanderlei baixou a cabeça por um momento, fugindo dos olhares de quem passava pela rua. Procurou um canto mais reservado na calçada e se ajoelhou em frente à menina. Passou

a mão por seu rosto, enxugou suas bochechas e pediu com voz branda que parasse de chorar. Depois de alguns soluços, as lágrimas cessaram. Colocou a mão no bolso da calça, tirou a carteira e entregou à neta, fazendo sinal para abrir.

"É só por isso que não compro".

Mentira. Havia dinheiro no bolso. Mas estava com a cabeça cheia, queria voltar logo ao prédio.

"Agora vamos."

Seguiram em silêncio pelas ruas da Mangabeira, rumo à orla da Jatiúca. A brisa da noite balançava os cachos da menina.

"Vô, quero crescer logo", disse, do nada.

"Por quê?"

"Pra ganhar muito dinheiro e colocar quebra-queixos na sua carteira".

Vanderlei gargalhou como há muito não fazia. O riso, porém, durou pouco. Ao virar o quarteirão, anteviu o carro de reportagem estacionado à frente do edifício. Mais um. Passou rápido pela equipe de filmagem em preparação para a entrada ao vivo.

"Ei, você trabalha aqui?"

Difícil negar. No uniforme, o nome do prédio.

"Podemos ficar no jardim? É rápido."

"Não tenho permissão", respondeu seco enquanto guardava o molho de chaves e puxava a neta pelo braço. Tripé, câmera e refletores haviam capturado sua atenção.

Ao chegar em sua mesa de trabalho, no saguão, pediu ao Damião, da limpeza, que o rendera, para levar a neta no refeitório dos funcionários e ligar no canal de desenhos. Sentou, limpou o tampo de vidro com leves batidas horizontais e interfonou para a síndica.

"Já vi, estou descendo".

Aposentada, visitas esporádicas de filhos e netos, aqueles holofotes recentes eram um escape para os dias de máfia colombiana e jogos de vôlei na tevê. "Vivo aqui há mais de duas décadas. Sou síndica há sete anos. Nunca tinha acontecido nada semelhante. É um prédio de família", acentuava aos repórteres, omitindo a vez em que acionou a polícia por conta da quebradeira no quarenta e um. A dona vivia entrando e saindo de um retiro espiritual para dependentes químicos. "Não estava aqui na hora do incidente, foi o porteiro que chamou a polícia".

Não trocaram muitas palavras depois da manhã de domingo. Na verdade, desde que Vanderlei assumiu o turno da noite na portaria, não se falavam para além do mínimo necessário à rotina do condomínio. Não sabia se ela estava a par do que se passava na cobertura, mas, de todo modo, ficara aliviado por preservar seu nome nas entrevistas.

Transeuntes se acumulavam na calçada do prédio, atraídos pela equipe de tevê. No celular de Vanderlei, começava a pular nova leva de mensagens no grupo criado pelos porteiros da rua. Os trechos das câmeras de segurança com suspeitos de roubo, furto e alertas contra quadrilhas atuantes na região foram substituídos, nos últimos dias, por cortes de telejornais e matérias sobre o crime do meia, sete, nove, um.

"Olha tu aí, Vanderlei".

O zelador do prédio vizinho compartilhou o *link* de um *site* de notícias. Na foto de abertura, o perfil de Vanderlei se misturava ao da equipe policial. Acima, o título. *Mais uma morte misteriosa na orla.* Abaixo, na legenda, *feriado fatal: Ariel Reis, influenciador digital, encontrado sem vida num prédio à beira-mar de Jatiúca; mortes de Cristiano Vergara e Salvane Miranda seguem sem solução.*

Vanderlei não respondia nem comentava. Lia apenas. E temia.

"Cadê a Lila?"

Dividindo a atenção entre a leitura e a equipe de reportagem, não viu a filha descer pelo elevador de serviço e parar à sua frente.

"No refeitório".

"Vou embora. Não quero ela muito aqui".

Vanderlei não sabia se deveriam entrar na cobertura. A perícia havia liberado o apartamento no dia anterior. Ainda faltava uma diária para fechar o pacote mensal pago pela assessora do Vergara.

Nunca se sentiu bem com a filha arrumando aquele antro. Mas o pagamento era acima da média e ela estava desempregada. Não contara o que acontecia por lá. Ela tampouco perguntou.

Salvane gostou de saber quem era a diarista.

Foi no único dia que apareceu antes do costume. A filha estava terminando a faxina. Vanderlei mandou uma mensagem para se apressar assim que viu o sedan chumbo dar sinal de luz no portão da garagem. Cruzaram-se na saída do elevador.

"Tal pai, tal filha" falou Salvane, após mirá-la de cima a baixo e cruzar o olhar com o de Vanderlei.

Há meses não vinha. "Perdeu uma perna, tá recluso", ouviu do motorista. Melhor assim, pensou consigo. Um a menos para se preocupar.

Agora não importava. Todos mortos.

A proximidade e a forma com que os corpos foram encontrados aumentava a suspeita de autoria única. A polícia tinha suspeitos, nenhum preso. Na matéria, o repórter tentava encontrar paralelos entre as três trajetórias. Oficial do exército, presidente da S_ e celebridade digital. Uma fotografia dos três juntos ilustrava a parte final da reportagem. Únicos brancos numa fileira de engravatados negros durante encontro de empresários e organizações sociais brasileiras promovido pelo exército brasileiro. Vanderlei não fazia ideia onde ficava o Haiti.

Chamado a depor, o que diria? Quase deu com a língua no dia em que encontraram Ariel. Suor frio, estômago revirado. Não aguentaria muito.

A assessora de Vergara não retornava as mensagens ou ligações.

Maldita hora em que errou de porta.

Primeiro dia no andar presidencial da S_. Só era preciso garantir que todos passassem pelo raio-x e usassem crachá. Se tudo corresse bem, poderia ficar em definitivo no posto. Horário fixo, ar-condicionado, banco para descansar os pés. Paraíso, comparado aos plantões que a empresa de segurança lhe enfiava.

Noite, perto do fim do expediente, andar vazio, precisou ir ao banheiro. Terceira à esquerda, explicou a recepcionista. As portas de madeira eram todas iguais. Abriu sem bater. Encostado na ponta da mesa de jantar em madeira rústica, Cristiano Vergara levantou os olhos. Um leve sorriso habitava seu rosto. Ajoelhada à sua frente, a menina seguia seu trabalho.

Fechou a porta em silêncio. Não comentou com ninguém. Aguardava o chamado para acertar as contas a cada *bip* no rádio comunicador. O expediente acabou, os dias se passaram. Até que a secretária do presidente chamou-lhe à sala.

"Você tem outro emprego?"

Em poucos dias, assumiu o turno da noite no edifício à beira-mar da Jatiúca.

Vergara era o mais assíduo. Descia pela porta de trás do sedan, cumprimentos formais, elevador. O mesmo carro que o deixava na garagem voltava minutos depois. Meninas desembarcavam. Apertavam o andar da cobertura. Vanderlei só voltava a vê-las depois que ele saía. Entravam direto no mesmo carro que as trouxera.

Salvane preferia as loirinhas. Roupas diferentes, antigas. Às vezes, peruca. Vanderlei não sabia se tiradas de um brechó ou de uma loja de fantasias.

Ariel não tinha padrão. Aparecia sem avisar. Garotas, mulheres, homens. A esposa junto.

De Vanderlei esperavam apenas que mantivesse a cobertura limpa, o andar isolado e o celular, específico, ativo para ser acionado a qualquer hora.

Além da carteira assinada, recebia uma gratificação direto da assessora. E o pagamento mensal da faxina, que repassava à filha.

Já faziam antes dele. Fariam sem. Pelo menos tirava o seu. Não muito. O suficiente para quitar a moto, adquirir móveis, renovar a geladeira. A mulher contente. "Segura mais um pouco, pelo menos até acabarem as parcelas da obra", retrucou ao ouvir o desabafo dele certa manhã. Alegou cansaço, dupla jornada, maus-tratos da síndica. Nunca o motivo real. Acabou ficando. A reforma no quarto da filha, a neta contente com o novo espaço.

"Nunca toquei nelas", defendia-se, antecipando-se ao interrogatório. Só uma vez conversou com duas. O motorista estava atrasado. Vergara saíra há tempo. Ficaram no sofá do saguão, esperando. Uma parecia aflita. Vanderlei perguntou se queria ir ao banheiro. Levantou-se rápida. A outra ficou, cabisbaixa, cabelos cobrindo o rosto. Pensou puxar assunto, perguntar seu nome, de onde vinha. Mas só conseguiu dizer "vai passar". Ela levantou o rosto, olhos vermelhos. Poucos anos a mais que sua neta. O carro chegou, a colega passou apressada. Ela a seguiu. Nunca mais as viu.

A chamada no telejornal noticiou, com exclusividade. Lucia, a esposa de Ariel, não resistira a um princípio de ataque cardíaco e morrera no hospital. Estava decidido. Iria à polícia. Contaria o que sabia. Talvez conseguisse um atenuante. E proteção. Melhor que ser o próximo da lista.

Não que houvesse muito a falar. A rotina dos três mortos na cobertura. O nome da assessora, dos motoristas. Roupas e pertences coletados nas faxinas da filha. Entre eles, um pedaço de papel, dobrado em quatro, deixado abaixo da imagem de Nossa Senhora, que ornava a mesa de jantar.

Fòk w ede n tampri 50938371896

Tentou desvendar o significado. Endereço, nome, identidade, passaporte. Nada batia. Pediu ajuda a um colega. "Isso aí não tem nada a ver com inglês ou espanhol". As pesquisas na internet também infrutíferas. Até que resolveu salvar a sequência de números como contato no celular. Uma foto apareceu no aplicativo de troca de mensagens. Apesar da maquiagem e dos filtros, os traços batiam com os de uma das meninas do sofá.

Chegou a digitar as primeiras palavras. Apagou. O que diria? "Sou aquele porteiro da marmita"? Ridículo. E se ela respondesse? Escondê-la em casa? Pagar uma passagem de ônibus para outro estado ou país? Levá-la ao Conselho Tutelar? Polícia? E se descobrissem seu envolvimento? Deixou quieto. Melhor não mexer em vespeiro alheio. Não apagou o número. Voltava a ele, vez ou outra, na esperança de uma mudança de foto ou *status*.

A vibração o tirou do torpor. Procurou o celular no bolso. Nenhum registro. Era o outro. Na gaveta.

Pelo identificador de chamadas, o nome de Ariel. Gelou. Segunda tentativa. Caixa. Uma mensagem de texto. *"Avan w monte bwa, gade si w ka desann li"*.

Em seguida, uma foto. Amarrado, com pano na boca, seu caçula.

Vanusa

"Não demorou para converter-se em um desbravador de belas da tarde. Tal qual um olheiro em busca de prodígios nos campos de barro, lapidou sua atenção. Era preciso encontrar aquela prestes a se libertar, que ainda sonha com o despudor e dá lances ocasionais de sua libido num gesto, num sorriso contido, numa troca de olhar que só ele, com seu faro apurado, conseguiria identificar".

Vanusa relia em voz alta o que acabara de escrever, buscando as melhores palavras, o tom adequado, as pausas devidas.

"Convidava meninas e meninos para conhecer as bases, prometendo brindes, bolas, camisas de futebol, comida. Dentro, fazia-as repetir falas de Catherine Deneuve enquanto as violava. O silêncio era comprado com a promessa de levá-las ao Brasil, melhorar suas vidas e a de suas famílias".

Passagens do diário de Salvane seriam projetadas e lidas em voz alta. Reproduções das fotografias encontradas em sua residência seriam distribuídas, mão a mão, entre os jurados.

"E se fosse uma filha de vocês? Um neto?"

Vanusa não esperava absolvição. Quatro homicídios, chantagem, sequestro, cárcere privado. Sem contar o agravante por uso de veneno. Ao carregar a tinta nos atos praticados pelos assassinados, desejava, ao menos, pena mais branda ao seu cliente, com chances de progressão para o semiaberto por bom comportamento na prisão.

Seria seu primeiro Tribunal do Júri. Após três décadas entre salas de aula e cargos administrativos na secretaria municipal de educação, prestara vestibular para direito no segundo ano da aposentadoria. No horizonte, renda extra e antídoto ao isolamento da viuvez precoce.

O curso foi cumprido sem dificuldades. Boa parte na modalidade virtual. Pouco assimilou de tributário, comercial ou processual. Nunca lhe atraiu a área penal. Casos de família, vagas em creche, garantia de tratamento médico, cumprimento do estatuto da criança e do adolescente. Era nesse universo, muito próximo ao que já vivera, que pretendia navegar. Precisou de três tentativas para passar no exame da ordem.

O plantão no balcão de atendimento mal começara naquela quarta. Separações litigiosas, reconhecimento de paternidade, anulação de casamentos, inventários, testamentos. Nada comparado, em volume, às ações de alimentos, maioria esmagadora das demandas que lhe chegavam uma vez por semana, das 8 às 14, desde que se inscrevera como voluntária da Defensoria Pública na vara de família da Cidade Universitária. A ideia era ganhar experiência e rodagem até seu nome entrar no boca a boca dos juizados da capital.

Na senha número três, sentou à sua frente um homem alto, roupas pretas, olhar irascível.

Colocou uma Bíblia sobre a mesa. Lombada desgastada, sinais de marcação por todo o miolo. Do meio, retirou um recorte de jornal. Passou o dedo indicador pela página, até encontrar o trecho desejado.

"*M te tuye kabrit vòlè sa yo*".
"Como?"
"Mate homens, mulheres, crianças maiores, crianças que ainda mamam, bois, ovelhas, camelos e jumentos".
"Perdão?"
Entregou o recorte de jornal, apontando para a foto que ilustrava a manchete.
"Samuel, capítulo quinze, versículo três".
Vanusa não acompanhara os acontecimentos do feriadão. Fora da cidade, em visita aos pais na Ilha do Ferro, desligava celulares e fugia da casa na hora dos telejornais. Preferia se perder pelas ruas de paralelepípedo, caçando na memória as brincadeiras da infância nas praças e calçadas alheias, cumprimentando rostos conhecidos e quase parentes, até desembocar na beira do rio São Francisco. Viveria naquele limbo não fosse o financiamento do apartamento e os custos com o tratamento do filho, pagos com os honorários que pingavam nas romarias pelos fóruns da capital.
De volta a Maceió, consumira as notícias por alto. A elaboração de um pedido de prisão por não pagamento de pensão alimentícia de uma cliente lhe tomara a calma e atenção nos últimos dias. Só naquele momento, ao ler a manchete que o estranho lhe passara, deu-se conta de quem eram os mortos.
"Acho que há um engano, senhor...?"
"Oelington".
"Esse aqui é o balcão de atendimento da vara de família. O criminal é o do lado".
"Mas é família sim. Tudo começou com a filha dela lá".
Do relato entrecortado por citações do Antigo Testamento e frases em língua exótica, duas coisas ficaram claras para Vanusa: impossível inventar uma confissão daquela. E, sendo verdade, diante dela abria-se uma chance de ouro para

firmar seu nome, ganhar visibilidade, angariar mais casos e abandonar de vez os plantões na Defensoria.

Juntar aos autos do processo as memórias de Salvane, descobertas entre as anotações das taxas de glicose, foi um passo importante. Mas insuficiente. Para comprovar tudo o que seu mais novo cliente lhe contara, era preciso devassar o que ligava os quatro mortos além do uso compartilhado da cobertura na Jatiúca.

O envolvimento do oficial da reserva era o mais fácil de traçar. Abafado o massacre nos festejos de *Bwa Kayiman*, seu cliente fora chamado à base central da Minustah, em Porto Príncipe, dias depois.

Num *container* adaptado como escritório, temperatura controlada por um ar-condicionado obsoleto, Salvane Miranda o recebera de pé, respondendo a continência antes de se acomodar na cadeira acolchoada por trás de uma mesa abarrotada de memorandos e mapas.

"Vamos precisar da sua ajuda para uma ação... humanitária".

Traçou uma rota da capital ao norte da divisa com a República Dominicana.

"Órfãs do terremoto. Coletadas por toda ilha. Se for esperar a burocracia do governo local, morrem de fome. Tem um avião da FAB chegando por lá com cisternas e mantimentos. Só embarcá-las. Um grupo de missionárias vai esperar no Brasil e mandá-las para adoção".

Em menos de cinco horas, com vinte crianças espremidas num Toyota Land Cruiser branco, UN estampado no capô e nas portas, cruzou o rio *Masàk*, no extremo nordeste do país. Os poucos metros de largura d'água delimitavam não só a fronteira oficial entre os dois países, mas, a seus olhos, a civilização da babel. Não que *Dajabón*, do lado dominicano, fosse uma metrópole. No entanto, a simples sequência de asfalto, semáforos e ruas com todas as casas de pé lhe conferiam a estranha sensação de pertencimento impensável no caos de escombros, poeira e esgoto da vizinha *Wanamèt*.

Na pista de pouso, abriu a porta traseira. Uma a uma, as crianças desceram e seguiram em fila rumo à rampa do Hércules. Umas levavam mochila a tiracolo. Outras, mãos e costas vazias, trajavam apenas uniformes escolares, talvez a única peça que lhes restava.

O cliente de Vanusa carregou o carro com parte das cisternas. Não fez mais perguntas.

Repetiu o trajeto algumas vezes. Sempre com crianças ou adolescentes. Oito, onze, treze, quinze anos. Difícil saber. Para ele, todas iguais.

Desde o incidente nas montanhas de *Mòn Wouj*, tudo parecia desbotado. Não conseguia fazer nenhum julgamento ou juízo de valor. Seguia ordens, realizava rondas, dispersava manifestações, distribuía alimentos, juntava o soldo pago em dólar, entupia-se de *klerèn* nas noites de folga.

Não recebeu nada pelo serviço extra, mas não deixou de perceber que sua progressão interna avançou com mais rapidez comparada à dos colegas com o mesmo tempo de missão.

Pouco antes de encerrar o prazo de serviço, já como primeiro sargento, foi chamado novamente à base em Porto Príncipe.

"Na próxima, vá junto", falou Salvane, mão sobre seu ombro.

A parada de abastecimento em Boa Vista, Roraima, foi o pretexto para desembarcar com as órfãs da vez, deixadas à porta de uma casa sem identificação nas imediações do bairro Caimbé. Ele seguiu num voo comercial rumo a Maceió.

Poucos dias depois, o comunicado sobre sua aposentadoria compulsória por motivo de saúde, com vencimentos integrais. No celular, a indicação para se apresentar no escritório da presidência da S_.

Misto de segurança e motorista particular de Salvane, que também voltara da missão, foi-lhe reservada uma casa de caseiro, anexa à mansão em Garça Torta. A interação, contudo, era restrita aos trajetos de carro.

Entre idas e vindas à cobertura da Jatiúca, reconheceu algumas crianças que ajudara a embarcar na República Dominicana. Não eram as únicas. Pegava-as e deixava no mesmo local, uma casa de muro arroxeado na Ponta da Terra. No portão, uma placa. *Santíssima Cruz, casa de acolhimento de crianças e adolescentes.*

Com duas ou três, transou no banco de trás do sedan chumbo, a seco, rápido.

Os motoristas da marmita eram trocados periodicamente, foi avisado por telefone. Assumiria a chefia de segurança de uma usina ligada ao grupo S_. Não pestanejou. Revezando-se entre expulsões de antigos moradores, incêndios noturnos e a leitura ávida, ininterrupta do Velho Testamento, esperava definhar até ser esquecido.

O áudio de Leonel e o encontro com Judeline mudaram seus planos. Trouxeram-lhe à tona, em jorro desconforme, o massacre de *Bwa Kayman* e a culpa que soterrara. O desbotamento que lhe tomava sumiu. Em seu lugar, uma certeza límpida, serena. Atos, e não palavras, o salvariam. Seria ele a lenha do holocausto.

No quilo do Bom Parto, os festejos do feriado que se aproximava facilitariam seus planos. Seria possível apagar os três nomes da lista que a médica haitiana pôs sobre a mesa ao lado da ampola de ricina.

Ela cuidaria de Salvane, quarta à noite, durante a visita para a troca do curativo. Vergara na sexta, o parceiro batizando a sobremesa no jantar beneficente. Ariel no sábado, dia preferido na escala da cobertura. Oelington tinha o contato do motorista atual e pediria para cobri-lo.

Faltava saber como misturar a ricina à cocaína. Cogitaram contratar uma garota de programa. Mas o acaso estava a favor. Débora, a mulher que os seguia, serviria. A ameaça velada à integridade do filho, somada à promessa de pagamento superior a meses de trabalho precário, seriam o bastante para convencê-la.

"E esta?"

"Não estava na lista".

Diretora da Associação Santíssima Cruz, Lucia Reis era a única das vítimas com quem Vanusa mantivera contato. Lembrava bem do penteado levemente arqueado e a soberba camuflada em sorrisos mais altos que o normal nos corredores da secretaria municipal de educação.

Fiscal responsável pelo programa Mais Creche, não aprovara a renovação do credenciamento da Associação, o que ameaçava interromper repasse milionário de recursos públicos para a oferta de vagas em creches nos bairros mais pobres da capital.

Além de receber quase o dobro do valor médio por criança atendida, Vanusa identificou nomes e documentos repetidos nas planilhas de prestação de contas. Indício de má-fé e tentativa de inflar o número real de atendimentos, pontuou em seu parecer técnico.

Tão logo Lucia saiu da sala do chefe de gabinete da secretaria, foi chamada a entrar. Nunca mais atuou como fiscal de parcerias. Semanas depois, perdeu o cargo comissionado e voltou à sala de aula.

"Ele os destruirá totalmente, ele os entregará à matança. Seus mortos serão lançados fora e os seus cadáveres exalarão mau cheiro; os montes se encharcarão do sangue deles".

Oelington não precisou abrir a Bíblia para reproduzir a última citação. Pegou de volta o recorte de jornal. Olhou por alguns segundos a foto da capa. Devolveu-a ao meio do miolo. Silenciou.

Vanusa teve dificuldade em transformar aquele depoimento numa sequência minimamente compreensível que serviria de base para a confissão. Mesmo assim, não lhe desagradavam por completo os arroubos proféticos. Poderiam ser úteis para angariar simpatia dos jurados ou alegar inimputabilidade por insanidade temporária.

"Não teve nenhum dinheiro no meio?"

Seu cliente demorou a responder.

"Tinha, mas não me interessei. Melhor é o pouco com o temor do Senhor, do que um grande tesouro onde há inquietação. Mas foi o que fisgou Leonel. Por isso surtou com o legista. Depois com o filho do porteiro. Agora tão lá, definhando sem..."

"Lá onde?"

Vanusa revirou-se na cadeira, buscando os sapatos debaixo da mesa. Descalçava-os sempre que podia. De marca, caros, resquícios da festa de formatura, atormentavam-lhe o joanete no pé esquerdo. Mas, ao dar-se conta do que acabara de ouvir, já antevia a imediata diligência.

Ivaldo Ferreira, anotara o nome do investigador responsável citado na matéria do jornal. Não havia tempo a perder. Confissão e colaboração, com identificação de cúmplices e localização do cativeiro? Pôs o terninho preto, piniquento. Era preciso levar o cliente à delegacia. Com tais atenuantes, as chances no Tribunal do Júri aumentariam significativamente.

Alvejado no ombro, Leonel não resistiria à colisão da Fiorino com um treminhão de cana, no trevo da saída de Messias, depois de trocar tiros com a polícia pelas ruas da cidade. Os dois reféns, amarrados na traseira do furgão, sobreviveram.

A haitiana não estava com eles.

Sousane

Da janela da área de serviço, via-se o mar. Em cada extremidade do vidro jateado, dois relógios digitais. Um na esquina da rua lateral, outro no calçadão. Era provável que existissem outros. Daquela janela, não era possível saber.
Uma questão de ponto de vista conseguir enxergar os dois relógios ao mesmo tempo. Um pouco mais à esquerda, só se veria o da orla. Mais à direita, o do ponto de ônibus.
Se estivessem sincronizados, irrelevante de onde se via. Não importaria se à esquerda ou direita, se a sul ou a leste, a hora seria a mesma.
Mas não.
Daquela janela, naquela manhã, viam-se os dois relógios. Um marcava as seis e vinte e três. Outro, seis e quarenta e um. Uma quantidade significativa de pessoas só enxergaria o relógio do calçadão. Outra, o do ponto. Quantos ônibus perdidos, atrasos, frustrações aquela diferença causaria?
Adianta-se o relógio do calçadão 18 minutos e a diferença se dissipa.
Recuam-se os 18 minutos da rua e a disparidade se resolve.
Tratava-se então de consultar o horário de uma terceira fonte, para saber qual dos dois relógios estava errado.

Sousane se surpreendeu com a lógica de seu raciocínio. Uma frase levando a outra, cada dúvida com sua resposta, tão simples como caminhar. Sentia certo orgulho. Tirara suas próprias conclusões. Tudo saíra de sua cabeça. Era capaz de pensar por si própria. Contudo, inútil. Não havia outra fonte a consultar. A queda de energia na madrugada reiniciara o relógio digital da geladeira. O sol daquela hora não era de duas e oito, como indicava o visor. Ela precisava escolher, rápido, entre uma das duas opções que a janela diminuta da área de serviço lhe concedia para organizar as tarefas da manhã. Café, louças, quartos, banheiros, roupas, ferro, aspirador, fogão, almoço. Dezoito minutos fariam falta.

Sem contar que domingo a rotina era diferente. Visita às vezes. Não podia errar.

Abrir a porta da cozinha sem barulho. Pegar no batente o jornal distribuído pelo zelador. Colocá-lo à mesa ao lado do prato, talheres, pires e xícara. Partir ao meio o mamão papaia. Dividir as metades em duas. Tirar as sementes. Colocar uma colher de sopa do café colombiano na cafeteira. Bater dois ovos sem gema, deixando-os a postos para fritá--los tão logo ouvisse a água da torneira na suíte. Esquentar o leite de amêndoas e coá-lo antes de misturar à meia xícara de café. Quando conseguia, fazia um formato de coração com a espuma. Naquele dia, o nervosismo a impediu. Saiu um pássaro. Ou flecha. Não conseguiu identificar.

Sabia que a patroa dormiria mais tempo aquela manhã. Na madrugada, acordou com a voz mecânica da fechadura eletrônica. A bolsa jogada na mesa de vidro. Sapatos arremessados pelo chão da sala. Passos cambaleantes. Dessa vez, só dois. Quando ouviu os primeiros pingos do chuveiro, levantou-se rápido. O relógio da geladeira marcava as três e trinta e sete.

Antes da queda de energia. Esquentou a água da chaleira. Pegou o sachê do chá de capim-santo. Colocou na xícara. Pôs a água quente no bule. Arrumou a bandeja e, na ponta dos dedos, abriu a porta da suíte. Colocou na penteadeira em frente à cama. Conferiu uma última vez se tudo estava a postos para quando o banho terminasse. Não queria outro arroubo de fúria.
"Susi?"
Prendeu a respiração.
"Susi!"
Em vão.
"Vem cá, Susi".
A voz se tornou melosa. Um amargor lhe subiu à garganta.
"Pega meu sabonete líquido".
Difícil achar o pequeno frasco verde. O vapor tomava todo o ambiente.
"Senta aqui".
A borda da banheira era fina demais para comportar seu corpo. Ajoelhou-se.
"Pode passar nas minhas costas?"
Os sinais na altura dos ombros causavam certa fricção na esponja de banho. Por um momento, queria esfregá-los com a mesma força que usava para limpar os restos na frigideira.
"Molhou?"
A água respingou na fronte da blusa larga, branca, que usava de pijama.
"Preciso te dar um sutiã".
O tecido grudado ao corpo. Os bicos protuberantes.
"Sabe o que seria de você sem mim? Onde estaria?"
Susi não sabia. As lembranças anteriores à vida dentre aquelas paredes se diluíam. Estradas de barro. A mão suada, apertada a de outra menina, mais velha. *Pa pè, pa pè*", lhe sorria. Um longo trajeto de avião. Uma réstia de música. *"Si*

w pa dodo, krab la va mange w, si w pa dodo, krab la va mange w". Ainda a cantarolava antes de dormir.

Desde então, os poucos metros daquele apartamento viraram seu mundo. Supermercado, posto de saúde, consulta a um médico particular, ida ao *shopping*. Contava nos dedos as saídas.

Não havia telefone fixo. Sem celulares. Quando a patroa saía, trancava as portas e levava a chave consigo. Ao instalar a fechadura eletrônica, configurou-a para funcionar apenas com sua biometria.

"Isso é para te proteger".

Na última festa de aniversário, catorze anos pelas contas da patroa, uma tevê no quartinho dos fundos. Ligada só à noite, volume controlado para não perturbar os outros ambientes.

Devia tudo a ela. Morada, roupa, comida. Uma viagem à casa de praia em São Miguel dos Milagres. Caminhar pela areia nas primeiras horas da manhã. O sal na pele. Catar conchinhas. Algumas ainda com ela, no quarto. E agora uma tevê. O que mais poderia pedir? Como pagar por tudo aquilo?

Há algumas semanas, ao pegar o jornal de domingo no batente da porta da área de serviço, encontrou um funcionário do prédio recolhendo o lixo no corredor.

"Oi".

"Você trabalha aí?"

"Nunca te vi".

Sorriu. Fechou a porta.

Começou a ansiar cada manhã de domingo. Às vezes os horários batiam.

Naquele domingo, não se encontraram. Melhor, estava sem cabeça. Agora, precisava estender as roupas da máquina, passar a saia e a blusa que a patroa utilizaria no culto da tarde e começar a preparar o almoço.

O interfone tocou. Dez e quarenta e sete no relógio do calçadão. Muito cedo para visitas.

"Pode deixar subir".

Ainda lia o jornal no sofá da sala, mas já estava trocada.

"Precisa de alguma coisa?"

"Faça mais café".

Abriu a porta no segundo toque da campainha. Um homem alto, sisudo, cheiro forte de cigarro. Recusou o café, não se sentou.

Ouviu de relance que perguntava do patrão. Falava como se estivesse morto.

Tomara.

Suas noites eram mais tranquilas desde que ele saíra do apartamento, há pouco mais de um ano. Sem lençóis manchados, chá de canela, febre, ida ao consultório do Dr. Ramos. O ventre dolorido por dias.

A patroa pigarreou e a olhou. Não a queria na sala. Voltou à área de serviço. Precisava terminar a roupa. A panela de pressão não permitiu ouvir o que falavam no outro cômodo, mas a conversa não demorou muito. Despediram-se. Susi o acompanhou à porta. Antes de sair, um cartão. Nilcio Costa, POLC/AL.

"Meu número, se precisar".

Horas passaram. A patroa não saía do seu aposento. Ouvi-a ao telefone, caminhando de um lado a outro.

"Tá na mesa".

Nenhuma resposta. Cobriu o almoço com pano de prato para espantar as moscas. Ficou servido por mais de uma hora. Não apareceu, tampouco falou se Susi podia se servir.

Só estava autorizada a fazer o prato no fim, quando retirasse a mesa e lavasse a louça. Comia as sobras frias sentada na cama. Desde o último aniversário, ligava a tevê no mudo. Pouco antes da hora do culto, a patroa saiu da suíte.

"Não estou passando bem".

Viu a mesa ainda posta.

"Pode comer".

Pálida, celular na mão, abriu a porta.

"Vou pro hospital".

Aturdida, correu para não perder o elevador, parado no andar. Esqueceu de colocar a senha da fechadura eletrônica.

"Vou rezar para a senhora".

Acompanhou o visor até o elevador chegar no térreo. Mais alguns segundos para saber se voltaria ao andar. Correu para o quarto. Escolheu a roupa que ganhara no último natal. Olhou-se no espelho.

Um dia livre.

O mormaço do meio da tarde no calçadão era cortado por rajadas de vento que traziam a areia até seu rosto. Protegeu os olhos. Segurou a barra da saia.

O ponto estava cheio. Corpos mal enxutos, camisas a tiracolo e isopores vazios aguardavam o ônibus que daria fim ao domingo.

Um carrinho de picolé passou ao seu lado. O som metalizado da caixa de som estourada anunciava sabores. Provaria todos se tivesse dinheiro.

Chegou ao relógio digital. Quatro horas e cinquenta e dois. Vinte e sete graus. Tampe vasos e pneus. Não deixe água parada. Vamos acabar com a dengue. Maceió, feliz cidade.

Virou em direção ao prédio. Tentou identificar a janela da área de serviço. Perdida entre dezenas de quadrados diminutos. Era aquele seu mundo.

"Olha a frente!"
Quase trombou com uma bicicleta. O entregador, apressado, desviava de banhistas e corredores. Poucos minutos para completar a entrega no horário.
A maré enchia. A água já batia nas cadeiras de praia, recolhidas às pressas. Tirou o chinelo. Desceu do calçadão por três batentes de madeira. Pisou na areia. Primeiro fina, grãos ainda quentes, arranhando os dedos. Depois fofa, encharcada, os pés afundando.
Deixou a água lhe tocar. Morna, convidativa.
Pensou despir-se, mergulhar.
Desistiu, não tinha roupas.
Sentou. O grave das ondas quebrando. A espuma rastejando pela areia, como se tentasse fugir. Antes de evaporar as réstias, sepultada por outra onda. E outra. E outra.
Como seus dias.
Lembrou do funcionário do prédio. Talvez estivesse por ali, curtindo a folga. Pagaria uma água de coco. Conversariam.
Sobre o quê? O que passava na tevê do seu quarto? Os chiliques de Dona Lucia? As noites em que seu patrão invadia-lhe a cama? Os dias iguais, trancada naquele apartamento?
Acharia-a estranha, louca. Envergonhou-se.
Uma onda mais forte alcançou-lhe o corpo. Levantou de supetão, mas a saia já estava molhada. O choque da água ativou o medo. E se a patroa voltasse antes dela?
Correu de volta ao edifício.
Na porta do elevador de serviço, mirou as pernas. Repletas de areia. Decidiu subir pelas escadas.
Abriu a porta ofegante. Foi direto ao quarto. Ficou em silêncio por alguns minutos. Nada se moveu. Ainda estava sozinha.

Esquentou as sobras do almoço do dia anterior no micro-ondas. Pensou melhor. Aquele dia merecia mais.
 Jogou fora o prato. Pegou uma porção generosa do salmão que a patroa nem tocara. Abriu uma das latas de água tônica. Serviu com gelo e rodelas de limão. Sentou-se à mesa de jantar, cotovelos sobre o tampão de vidro que tanto lhe custava lustrar. Numa das mãos, o controle da televisão que tomava boa parte de uma das paredes da sala. Som alto. Famosos dublavam sucessos musicais num programa de auditório. De sobremesa, abriu a caixa de chocolate belga em formato de conchas do mar. Comeu dois.
 Não quis tirar a mesa, nem lavar os pratos. Recostou-se na poltrona de couro. Olhou um pedaço de salmão caído no chão. Formigas em seu entorno, cada uma retirando uma parte do peixe e se afastando em fila indiana. Onde ficaria o formigueiro? O que a patroa diria se entrasse pela porta naquele momento?
 Abriu um sorriso. Algo a tranquilizava. Uma crença.
 No guarda-roupa da suíte, depois de algumas tentativas, destravou o cofre. A senha era o nome do shih tzu de estimação, morto há dois anos. Dentro, alguns maços de dinheiro, papéis em idioma desconhecido, um anel de brilhante.
 Deitou na cama de casal. Corpo estirado, membros relaxados. Notas nas duas mãos. O que compraria com aquele dinheiro todo? Roupas, sapatos, carro, uma passagem?
 Para onde?
 A campainha tocou. O susto a fez derrubar os maços, espalhando notas pelo chão. Recolheu como pode. Seria a patroa? Besteira, por que tocaria antes de entrar? Talvez fosse engano. Não fez barulho por alguns segundos. Novo toque. Devolveu tudo ao cofre. Desligou a tevê. Guardou rápido os pratos.

O zelador. O funcionário do prédio. O homem com fedor de cigarro. A amiga da patroa. Não sabia.

"Quem é?"

Sem resposta.

"Dona Lucia não está".

"Eu sei".

Abriu a porta. No rosto da mulher, um pouco mais nova que a patroa, um sorriso.

E os mesmos olhos da amiga da infância.

"*Pa pè, pa pè*".

Junior

HO1910079A. NO1060029A. KO3070001A.
Não era um trabalho difícil. Vedar portas e janelas. Tijolos e cimento, sem reboco ou cal. Depois, com *spray* vermelho, pichar a numeração indicada na planilha. Abaixo dela, sempre as mesmas letras: TPL. Não sabia o que significavam. Pouco importava. A ele cabia tapar as entradas e pintar a fachada das casas nas ruas que lhe fossem indicadas como meta do dia. Se a batesse, receberia o valor da diária com o empreiteiro. Caso quisesse pegar outra leva, poderia estender o trabalho noite adentro. As ruas do bairro, assim como as casas, estavam vazias.
 Era o que fazia naquela terça. Triplicar o ganho. Não pretendia voltar no dia seguinte. Seria sua última jornada. O ordenado era bom. E o trabalho sem patrão no cangote. Mas a energia pesada não compensava.
 Com o fim da obra do prédio em que se fichara nos últimos dez meses e a baixa da carteira, precisava se virar com bicos. Seu pai repassara a dica de um amigo.
 "Moleza. Um dia todo no maior silêncio. Só o barulho da própria respiração e da espátula. Dá até pra botar uma caixinha de som".

Rachaduras pelos muros, enormes crateras nas ruas. Um bairro inteiro abandonado. Parecia zona de guerra. Não andava por aquelas bandas desde a infância. *O telefone do céu, o telefone do céu, é o joelho no chão.* A música veio à mente, completa, quando passou em frente à casa usada nas excursões da escola. A lembrança amarga veio junto.

A turma sairia de ônibus fretado numa manhã de sexta e ficaria o dia todo por lá, uma espécie de chácara à beira da lagoa Mundaú. No fim da tarde, rumariam até o Cinturão Verde, área de preservação ambiental mantida pela S_. De lá, o ônibus os deixaria na frente da escola.

Não pôde ir com os colegas. Pelo menos no trajeto da escola à chácara. Os cinquenta reais da taxa de transporte pesariam.

Já estava no portão da frente quando o ônibus chegou. Uniforme ainda quente, passado a ferro pela mãe, como todas as manhãs. Só tinha duas trocas, usadas alternadamente. Limpava manchas e cerzia mínimos rasgos. Queria-lhe impecável. Seu pai o trouxera na garupa da moto. Aguardava a turma chegar para seguir ao trabalho.

Ouviu os gritos e risos ao longe. Na descida, a professora fazia a conferência pelo número de chamada. "Um". "Aqui". "Dois". "Faltei". "Três". "Trancado no banheiro". Gargalhadas cresciam a cada número. "Quarenta e dois". Ele levantou a mão e se somou ao final da fila. Ninguém perguntou porque não viera com eles. Sabiam o motivo.

Sentir o que Jesus sentia, sorrir como Jesus sorria, e ao chegar ao fim do dia eu sei que dormiria muito mais feliz. Palestras sobre meio ambiente e as comunidades que viviam à beira da lagoa se misturavam a cantos religiosos. No intervalo, todos comprariam coxinhas, pastéis ou refrigerante. Ele

se afastaria e comeria ovo cozido com três bolachas recheadas e laranjada preparados pela mãe. Nada diferente dos outros dias. Um dos poucos que trazia comida de casa. No ano em que frequentou a quinta série do Colégio Santíssima Cruz, só comprou na cantina uma vez. Excursões, foram duas. Além daquela, uma viagem com o time de basquete para um campeonato em Recife. Tudo pago. Ele era a estrela. Não que gostasse do esporte, mas a altura, força e biotipo o tornaram opção natural do treinador. Mesmo assim, não se enturmara. Tirando uma ou outra conversa em recreios e trabalhos em grupo, a interação era nula. Negro, pobre, filho de vigia que só conseguira vaga para o filho por conta de uma bolsa que o emprego sorteara, sentia o peso de todos os olhos quando passava pelos corredores, entrava na sala e sentava na carteira ao fundo.
"Sei lá, ele me dá medo". Caminhando pela beira da lagoa, num dos intervalos da excursão, ouviu um grupo de meninas conversando num dos bancos espalhados pelo pequeno bosque. "Dizem que já passou pela Febem". Parou. Não o viram. "E aquele cheiro de ovo?". Risos. Deu meia volta. "Nojento".

Olhe pra cruz, essa é a minha grande prova, ninguém te ama como eu. Teve que despistar o alívio quando seu pai lhe contou que não seguiria na escola. A empresa onde trabalhava estava passando por uma redução de custos. Os empregados da limpeza e segurança seriam demitidos e recontratados por uma cooperativa terceirizada. A bolsa de estudos era só para funcionários da S_.

Voltou à Escola Estadual Princesa Izabel, no CEPA, até concluir o fundamental. O ensino médio ficou pelo caminho. A verticalização da orla e os novos condomínios de luxo aumentaram a procura por mão-de-obra.

Fez um curso *online* de técnica de concretagem. Depois de oitenta horas, o certificado abriu-lhe portas. Passou por todas as áreas da construção civil. Seu próximo passo era o curso de instalação e manutenção de ar-condicionado *split* no Senai do Poço. Sairia do chão das obras. Dono do próprio negócio, quem sabe. Enquanto juntava o dinheiro, fazia bicos entre uma obra e outra.

Sentiria prazer em meter tijolos, cimento e pixo na fachada do casarão da infância. Mas já estava vedada quando passou na semana anterior, durante a ronda inicial com o empreiteiro e os outros contratados. Em algumas ruas, ainda era possível ver famílias carregando camas, sofás, móveis e eletrodomésticos em caminhões de mudança. Noutras, já vazias, telhas eram retiradas, com portas de madeira, portões de ferro, fiação elétrica e tudo que pudesse ser reaproveitado ou vendido.

"Tão saindo por uma mixaria".

Na carroceria da caminhonete, um dos contratados quebrou o silêncio.

"A S_ tá comprando pela metade do preço. Vender pra quem mais?"

"Pelo menos é algo. Lá na Favela do Muvuca, nem isso. Mão na frente e outra atrás. Só bancam o frete".

"Duvido nada que um desses tenha dado cabo no tal Vergara".

A morte do presidente da S_ num quarto de hotel durante o feriadão ocupava o noticiário. As investigações ainda estavam em andamento. Overdose ou suicídio seguiam como hipóteses, mas o fato de um bam-bam-bam do exército e uma celebridade da internet baterem as botas em condições semelhantes criou um furdunço na cidade. O sumiço de um legista envolvido nas investigações e a morte da esposa do influenciador após uma internação relâmpago aumentaram o alvoroço. Crime passional? Queima de arquivo? Matadores de aluguel? Toda a sorte de teorias, pistas falsas e artigos de opinião ocupavam manchetes, rádios e programas policiais.

Tudo aquilo eclipsara, pelo menos por alguns dias, o que se passava às margens da Mundaú. Tremores de terra, interdição de ruas, suspensão de aula, comércios fechados, rotas de ônibus alteradas, moradores desalojados, passeatas, denúncias, relatórios independentes, Prefeitura e S_ trocando acusações, candidatos buscando desgastar oponentes, inquérito civil do Ministério Público para apurar responsabilidades e estipular indenizações.

Enquanto isso, bairros inteiros afundando. A cada dia, todos os dias.

A noite já avançava. Em um carrinho de mão, Junior carregava tijolos e cimento do depósito improvisado pelo empreiteiro na pequena praça que dividia a rua Santo Antônio em duas. Senador Arnon de Mello, indicava a placa. Uma das poucas áreas com postes ainda em funcionamento.

Desviando de uma cratera que se abrira no meio da rua, descarregou tudo na calçada em frente à casa da esquina. Difícil imaginar que andava, naquele momento, por imensas cavernas subterrâneas espalhadas no subsolo. Um queijo suíço aberto pela S_ ao longo das últimas décadas. Prestes a tudo tragar.

Repetiu o trajeto duas vezes, até conseguir o suficiente para dar conta da última do dia.

O azul turquesa do muro ainda estava forte. A pintura deveria ter sido retocada pouco antes de os donos saírem às pressas. Talvez tenham raspado as últimas economias na reforma. Tinta, azulejos, piso do banheiro. Tudo novo. No jardim, um jambeiro carregado.

O que seria feito com todas aquelas residências, prédios, escolas, farmácias, bares, igrejas? Derrubadas? Revitalizadas? A única certeza era que a S_ estava comprando tudo a preço de banana.

"Tu vai ver. Daqui uns anos, isso tudo vira condomínio de luxo. Beira da lagoa. Marina particular. Metro quadrado mais caro da cidade. Só grã-fino. Esses caras não dão ponto sem nó".

Junior se lembrou do comentário de um colega, na carroceria, quando avistavam as ruas vazias pela primeira vez.

Caminhou pela casa, como fizera por todas. As marcas dos móveis ainda estavam pelo chão. Riscos de giz de cera tomavam a parede em um dos quartos. No quintal dos fundos, uma casinha de cachorro.

Imaginou-se morador, chegando do trabalho. Carro, portão, garagem, animal, sapatos, abraço, geladeira, latinha, sofá, tevê, jogo da rodada, cama.

Por um momento, pensou vedar-se, fincar trincheira. Como num filme de zumbis. Sairia somente à noite, na surdina, para repor alimentos e mantimentos.

Não precisaria se apertar mais na sala improvisada como dormitório na casa dos pais. A mãe com suspeita de glaucoma. A irmã mais velha de volta, recém-divorciada, com a guarda do filho. O pai bebendo cada vez mais.

Quando, anos depois, as obras do condomínio luxuoso começassem, encontrariam-no lá, firme. Reivindicaria posse. Usucapião.

1633004A.TP...

Interrompeu o devaneio e a pichação quando uma Fiorino branca parou na frente da casa. Viu-a dobrando a esquina, farol alto, marcha lenta. Imaginou que estivesse perdida. Ao encostar, já se preparava para indicar o caminho até a alameda que desembocava na Avenida Fernandes Lima.

"Vanderlei?"
Não costumava ser chamado pelo primeiro nome, herdado do pai.
Caminhou em direção ao carro, baixou a cabeça e encostou-se na janela do passageiro para tentar reconhecer o condutor.
"Te conheço?"
A porta de trás do furgão se abriu. Uma rasteira jogou-lhe ao chão. Dois socos. O segundo fez sua cabeça ricochetear na calçada. Gosto de sangue na boca. Mãos amarradas. A retina se acostumando à meia-luz. Sem poder apoiar-se, as curvas o faziam tombar nas paredes dos fundos do automóvel.
"*Di fwomaj!*"
O *flash* o despertou de vez. Sentado à sua frente, o homem que o nocauteou mexia em seu celular.
"Procura o nome do pai dele".
O motorista dava as instruções, controlando pelo retrovisor o movimento às suas costas.
"Manda a foto. Depois a mensagem".
Junior conseguiu identificar quando passaram pelo Viaduto da Polícia Federal em direção à BR-104.
"*Avan w monte bwa...*"
"Não! Escreve em português. Ele não vai entender nada".
"Toma teu filho, teu único, que amas, vai à terra de Moriá e lá o oferecerás em holocausto".
"Porra, Oelington, não me vem com essas merdas de novo".
"O inferno e o abismo não se fartam e os olhos do homem nunca se satisfazem".
"Te falando. Aquieta o facho. Sem paciência pros teus surtos de crente."

"Quem confia na riqueza cairá, mas os justos germinarão como a rama".

"Rama meu pau! Cansei de me estrepar por miúdo. Quero o meu. Pra tu é fácil. Deu pra virar pregador depois que resolveu a vida. Aposentadoria compulsória, soldo de sargento garantido todo mês até bater as botas. E eu só me fudendo. Desde aquela ilha miserável. O puto do Salvane teve o dele, finalmente".

"O combinado era só os *kabrit vòlè*".

"*Lapli ki tombe pa tounen nan syèl la*. Agora não tem mais volta. Tu acha que os caras da *400 Mawozo* não vêm atrás da gente? Vamos pegar esse dinheiro e vazar. Tu pode fazer o que quiser com tua parte. Doar pra caridade, abrir tua igreja".

"Mas a haitiana sumiu".

"A filha duma égua não vai me passar a perna. Vamo tirar do porteiro onde está o caderno com os contatos e os voos. Nem que tenha de fuçar na cobertura".

"Eu não entro naquele lugar".

"Por quê?"

"Mantenha os teus olhos em meus caminhos, pois cova profunda é a prostituta e poço estreito a estranha".

"Para com esse leriado. Pensa que não sei das crianças que tu mandava pra fronteira? Sem contar as escapadas no sedan".

"Tu a fustigarás com a vara e livrarás a sua alma do inferno".

"Tais enfiado na merda também. Tu voltou de boa, mas eu saí escorraçado, raspando o que não tinha pra ficar fora do radar da *G-PEP* depois da expulsão. Tudo que é oficial enchendo o cu de dólar. Recebendo o seu pra fazer vistas grossas aos carregamentos de fachada e voos clandestinos que abarrotavam as pistas lá na *Savane Diane*. Só pó e fuzil chegando pras gangues. Daí sou tirado pra Judas? Processo disciplinar só por causa de uns quilos de maconha? Que já iriam pros Estados Unidos de qualquer jeito? Pra mim deu. Farinha pouca, meu pirão primeiro. E se der pra trás, te lenho junto".

"Não é comigo que deveria se preocupar. A mulher tá solta".

"Débora? Aquela rapariga não vai dar com a língua nos dentes. Tenho o endereço dos pais e da escola do filho. Sem contar que vai sair com o dela também".

"E o pretendente do bar?"

"Depois a gente larga num canavial. De bico calado não atrapalha".

"Cães devoradores, desconhecem a saciedade, pastores incapazes de compreender, todos seguem seu próprio caminho, cada um para a sua ganância".

"Aí sim. *Bagay la fou*".

Keli

"Essa é uma batalha, não uma vitória final. A guerra continua, mais séria do que nunca. O Senhor falou claramente a Jeremias: antes que eu te formasse no ventre, te conheci e antes que saísses da mãe te santifiquei. A vida é sagrada. Desde a concepção. Não há o que discutir. Os que enchem a boca para falar em gangue fardada, violência policial, direitos humanos não podem fechar os olhos para o risco verdadeiro, a maior causa de mortes no mundo de hoje, que é a ditadura abortista de gênero".
Ao lado das longas aspas, a foto da parlamentar, sentada em seu gabinete. Abaixo, a legenda. *Rafaela Noronha comemorou na última quinta a aprovação da Lei Ariel e Lucia Reis que instituiu a Política Estadual de Proteção ao Nascituro.*
Nada ali agradava Keli. A citação enviada por aplicativo de mensagens pela assessoria de imprensa, ao lado de duas variações da mesma fotografia – uma com óculos, outra sem. Em ambas, a cabeça da mulher levemente inclinada, mirando a câmera com olhar sereno, cabelos loiros, soltos até os ombros. A imagem de Nossa Senhora Aparecida desfocada ao fundo. Em primeiro plano, o boneco de um feto segurado

entre os dedos polegar e indicador da mão esquerda, como um amuleto.

Não era assim que imaginava sua primeira página assinada.

"Você assume a próxima coluna. Faça alguma homenagem. Depois vemos". Editor do Caderno B, segunda-feira, na saída do enterro do casal Reis. Foi a primeira vez que lhe dirigiu a palavra desde o início do estágio no jornal há quatro meses.

Mesmo com Lucia a interação era mínima. A comunicação se dava por troca de mensagens e áudios. Eventos a cobrir. "Pode falar que é minha assistente". Apanhado de assuntos que movimentavam as redes sociais de políticos e subcelebridades locais. Revisão dos erros no inglês – ela costumava colocar *the* antes de tudo. Consulta ao estoque de notas e fotos quando as notícias mais quentes não fechavam o mínimo de caracteres.

A tarde de sábado se aproximava do fim. Enfiou os dedos no canto dos olhos, com força. O prazo para envio do arquivo com textos e fotos da coluna dominical se encerraria em breve.

Minimizou, por um momento, a aba do arquivo e começou a navegar por redes sociais e *sites* de notícia. Em um deles, a manchete. *Presa suspeita das mortes do 7 de setembro.*

"Foda-se".

Pegou o caderno pequeno, capa azul. Folheou as anotações. Abriu outro arquivo no computador. Coluna_v2.

O número de atingidos pelo terremoto que assolou Maceió na última quarta-feira, 13, é desolador. De acordo com dados divulgados pela Defesa Civil, o tremor de terra com magnitude 6,1 na escala Richter registrado em vários bairros ao redor da Lagoa Mundaú deixou mais de 600 desaparecidos e 26 mortos. Estima-se que, ao todo, 57 mil pessoas foram afetadas. São

dados alarmantes, mas seria descabido compará-los aos 300 mil mortos e mais de 1 milhão de desabrigados que o terremoto de 12 de janeiro de 2010 acarretou no Haiti. Nesse caso, a comparação é válida não pela quantidade, mas pela qualidade. Não estava certa sobre qual número de mortos deveria adotar. Duzentos, duzentos e cinquenta, trezentos. As fontes não convergiam. Optou pelo maior ao ler o relato de um enviado especial que, percorrendo as ruas de Porto Príncipe meses após a catástrofe, ainda sentia o odor forte de morte exalando dos escombros e edifícios desmoronados.
Também tinha dúvidas sobre a frase que deveria encerrar o parágrafo. Chegou a escrever: *E por uma personagem em comum*. Mas apagou. Ainda não sabia como apresentar Sousane.
"Primeira vez que sento num banco da frente".
A voz saía baixo, para dentro, como se a altura não fosse um hábito. Keli aproveitava o sinal vermelho para pesquisar no aplicativo de navegação o percurso capaz de livrá-la do trânsito daquela manhã de segunda. Quarenta e sete minutos até o cemitério Parque das Flores. Esboçou um sorriso. Ao virar a cabeça e perceber a avidez com que aquela adolescente mirava a paisagem pela janela, contraiu-se.
"Quanto tempo está na casa deles?"
"Me pegaram novinha".
Pausas longas. Tateando palavras.
"Não era menino, que servia. Meu pai me deu criança. Cheguei sem documento. Sabia nem o que era banheiro".
Recebera a mensagem mais cedo. Uma amiga de Lucia perguntou se poderia passar no apartamento antes de chegar ao velório. "Traz o colar com uma cruz de cristal azul cravejado. Era o amuleto dela. A mocinha que trabalha lá vai saber qual é". Uma jovem negra abriu-lhe a porta. Quinze anos,

no máximo. Adentrou rápido pelo corredor rumo a um dos quartos e voltou com a joia na mão.

Keli mal agradeceu. Já se encaminhava para o elevador quando voltou a cabeça em direção à porta do apartamento.

"Desculpa, como é seu nome mesmo".

"Susi".

"Quer vir comigo?"

Tendo praticamente a mesma extensão territorial, Alagoas e Haiti guardam também outras semelhanças históricas. Em suas terras surgiram dois marcos da luta pela liberdade nas Américas. Zumbi, Dandara, Ganga Zumba, Acotirene e os quilombolas de Palmares combateram a escravidão e criaram em plena Serra da Barriga uma sociedade livre e igualitária que resistiu por mais de um século contra as ofensivas dos senhores de engenho e capitães do mato. Menos de cem anos após a morte de Zumbi em terras alagoanas, Toussaint Louverture, Capois La Mort, Alexander Petion, Henri Kristophe e Jean Jacques Dessalines lideraram aquela que foi a primeira revolução vitoriosa de escravizados de que se tem notícia na história da humanidade. Em 1804, o Haiti se tornava independente, abolia a escravidão e iniciava um processo popular de reforma agrária. Essa ousadia foi punida severamente pelos senhores de engenho de ontem e de hoje e, ao que parece, Alagoas e Haiti foram escolhidos como símbolos de sua opressão e imponência.

"De onde você é?"

"Da ilha"

"Do Ferro?"

"Não"

"Da Croa?"

"Não sei o nome. A patroa não falava muito. Só que era pobre. Com furacão. Vim de avião, pequenininha".

"A Lucia e o Ariel te trouxeram de lá?"
"Não. Tinha outras meninas. A gente ficou numa casa primeiro".
"Ah é? E como era?"
"Comia muito ruim. Rezava demais. Já acordava rezando. Pulava as bolinhas dos terços para acabar logo. Só tinha duas calcinhas. Às vezes tinha que usar a molhada. Assava".
"Sério?"
"Tentei fugir. Chuva, lama, escuro. Ninguém ia ouvir. Mas o capeta sopra nos ouvidos. Tinha que ter lombo grosso".
"Foi quando a Lucia apareceu?"
"Primeiro o patrão, ele que me tirou de lá".
"Sei".
"Deram comida, casa, roupas. Presentes. Até tevê, no quarto. Dizia que na rua era perigoso. Que ela já me dava tudo. Que eu era rica, abençoada".
"Mas você não saía nunca?"
"Sim. Pra casa de praia com os amigos deles. E no doutor Ramos".
"Só?"
"Não precisava. Ensinou tudo o que sei. A cuidar da casa. A ler. Aprendi escrever meu nome. Todinho."
"É?"
"Sousane, assim, com u no meio."
"E o sobrenome?"
"Esse eu coloquei".
"Qual?"
"Sousane dos Reis".
"Ela gostava mesmo de você?"
"Carinho de mãe. Às vezes, à noite, chegava no quarto. Deitava. Dizia que eu era bonita. Alisava meus cabelos, meus peitinhos."

Não houve ocupações militares da ONU ou dos Estados Unidos em Alagoas, é fato, mas, em compensação, o estado vive sob uma ditadura ferrenha que já dura séculos e ceifou mais vidas que qualquer regime ditatorial nas Américas: a ditadura da cana. Mesmo sendo o segundo menor estado em extensão no Brasil, Alagoas está entre os cinco maiores produtores de cana-de-açúcar do país. São 448 mil hectares destinados para esse monocultivo, com uma produção que se aproxima dos 30 milhões de toneladas de cana por ano. Isso só é possível graças à devastação ambiental e à exploração dos trabalhadores. Segundo dados da Comissão Pastoral da Terra, o estado é o terceiro do país em índices de trabalho escravo, e o primeiro da região Nordeste. Somente no ano passado, foram libertados 656 trabalhadores em condições análogas à escravidão, todos saídos dos canaviais. O resultado é que Alagoas sustenta hoje o pior Índice de Desenvolvimento Humano, a maior taxa de mortalidade infantil, o maior índice de analfabetismo e a menor expectativa de vida dentre todos os estados do país. No Haiti e em Alagoas, a miséria já existia antes de qualquer terremoto.

    Mais vidas que qualquer regime ditatorial nas Américas. Não tinha base para aquela afirmação. Melhor tirar, apesar de lhe agradar como preparativo para o desfecho da frase. Ditadura da cana. Abriu um riso de canto ao lembrar-se da ditadura esquerdista de gênero na boca da parlamentar.

    A conversa com Sousane jogou em seu colo um furo que demorou a digerir por completo. Operadora de *telemarketing* para dar conta da mensalidade da faculdade de jornalismo que a bolsa parcial do Prouni não abarcava, Keli teve pouco tempo para participar das reuniões dos centros acadêmicos, coletivos feministas e aulas eletivas de comunicação contra--hegemônica. Queria ser jornalista esportiva, ou de moda.

A coluna dominical seria o primeiro passo. Abrir portas, contatos. Depois, construiria seu caminho.

Ainda tentava colocar os pensamentos em ordem quando chegaram ao cemitério. Entregou o colar para a amiga de Lucia. Com a morte de Ariel, sem filhos ou pais vivos, não havia ninguém além dela e uma tia no recinto de preparação dos corpos anexo às salas de velório. Sousane parou na porta por um instante. Aproximou-se devagar do caixão, sem saber até onde lhe era permitido. Olhou por um tempo o cadáver. Ajustou a gola do vestido branco que ela mesma passara. Tocou com a parte externa da mão o rosto da patroa, encaixando uma das mechas por trás da orelha. Tirou as pétalas que estavam ao redor. "Ela nunca gostou de muita coisa na cara".

Um funcionário de terno e gravata deu dois toques leves para avisar que a sala quatro estava liberada. A tia foi à frente. Dois homens uniformizados entraram e colocaram o caixão em uma mesa de metal com rodas. A amiga os seguiu. Antes, remexeu uma bolsa de couro envolta no saco plástico do hospital.

"É você que vai tocar a coluna, né? Isso pode ser útil".

Um caderno pequeno de capa azul marinho, sem pautas. Nas suas folhas, nomes, números, países, datas. *Nerilia, 14. Holanda. Melchie, 10. Pòsali, 14/10. Kethna, 8. Flórida. Wanamèt, 22/7. Roselord, 9. Boa Vista. Ans wouj, 7/5. Canadá. Wisly, 11. Porto Príncipe. Bacheba, 12. França. Sen Michèl, 18/12. Maceió.*

"Era esse que ela queria. Procurei que só".

"Quem?"

"A mulher que apareceu no domingo. Foi ela que me disse da morte da patroa. Me consolou. Falou que eu tava livre, que ela cobrou a dívida, umas coisas assim. Usava palavras diferentes. Meio cantada. Parecia uma música de quando eu era criança. Perguntei pra ela. Reconheceu. Até ensinou o final. *Dodo titit, krab nan kalalou, dodo titit, krab nan kalalou*". "E como se chamava?" "Disse que era Julie quando chegou, mas no papel que me entregou tava Judeline. Se achasse o caderno ou precisasse de ajuda, ligasse".

Nos dias que se seguiram ao terremoto de janeiro de 2010, a devastada Porto Príncipe se tornou o local de peregrinação preferido para políticos e personalidades de todo o mundo expressarem sua compaixão. Sobrevoando as ruínas em seus helicópteros, declaravam com voz embargada suas condolências perante as câmeras de televisão e reafirmavam compromissos de ajuda às vítimas. O fenômeno parece se repetir em terras caetés. Campanhas para arrecadação de alimentos e agasalhos, visita do vice-presidente e do Ministro de Integração Nacional aos bairros afetados, discursos emocionados de governantes e candidatos, promessas de verbas. No caso de Alagoas, ainda é cedo para tal conclusão, mas passada mais de década do terremoto no Haiti, pode-se dizer que essa compaixão teve prazo de validade e não resistiu a novas tragédias internacionais. Não que tivesse faltado dinheiro. A Conferência Internacional de Doadores Rumo a um Novo Futuro para o Haiti, realizada em 31 de março de 2010 no escritório das Nações Unidas em Nova Iorque, definiu a quantia de U$ 9,9 bilhões para a reconstrução do país, sendo que U$ 5,3 bilhões seriam usados já nos primeiros dois anos. Acontece que a ideia de reconstrução desses doadores era bastante peculiar. Como afirmou um dos empresários estadunidenses durante a Conferência, "o que é bom para os negócios é bom para o país". Portanto, quando esses doadores falavam em facilitar a exportação de produtos têxteis especializados e criar mais de cem mil empregos, o que

queriam dizer de fato é que aumentariam a lucratividade das indústrias maquiladoras instaladas no país, isentas de imposto e do respeito aos mais elementares direitos trabalhistas.
"Tenho o caderno". Decidiu escrever direto, sem apresentações.
"Sousane me pass..." Não precisou completar. A resposta veio antes.
"*Ki sa w vle?*"
Precisou do tradutor automático.
"Algumas perguntas. Para uma matéria".
Por alguns minutos, nenhuma indicação de digitação ou gravação de áudio. Receou. Por que escrevera de seu celular? Por que não ocultara número ou foto? Por que não usara o telefone da redação? E se ela estivesse rastreando sua localização naquele instante?
"*Dako*".
Não sabia direito por qual pergunta começar. Os escritos no caderno não lhe diziam muita coisa. Ao jogá-los na internet, identificou nomes de pessoas e cidades do Haiti. Viriam de lá? O idioma das mensagens confirmava suspeitas.
"O que sabe de Sousane?"
"*Pa isit. Aswè. Liy 197. Dènye*".
Keli reconheceu o número do Ipioca-Trapiche.
"Onde desço?"
"*Chita. Tann. M pral jwenn w. Pa blie kaye*".
Esperou até as duas da manhã. Sabia de cor aquele trajeto. Era o mesmo que pegava nas poucas vezes que esticava a volta da faculdade. Se perdesse o Corujão, só no outro dia.
Subiu na altura do Poço. Sentada num dos bancos ao fundo, viu os escassos passageiros – vigias, porteiros, frentistas, garçons, auxiliares de cozinha, atendentes de farmácia em fim de turno – subirem e descerem, enquanto o ônibus

percorria a orla da cidade, do Pontal à Pescaria. Pela janela, só o negrume do oceano e o estrondo seco, grave, da maré alta. Não a reconheceu quando subiu pela porta da frente. A foto de uma flor vermelha de mamona no perfil do aplicativo de mensagens não antecipava aparências. Tirou o bilhete eletrônico do bolso, passou pela catraca, caminhou com segurança pelo corredor vazio. Àquela altura só dois passageiros se entregavam ao sono em suas cadeiras. Seus olhos se encontraram. Sentou ao seu lado.

"Você é mais nova do que pensei".

Keli estava surpresa também. Imaginava-a negra.

"Trouxe o caderno".

Folheou ávida. Parecia procurar algo específico. Keli tentou puxar assunto. As respostas vieram monossilábicas. Até parar em uma página.

Passeou por alguns instantes dois dedos da mão direita na parte inferior da folha, como se acarinhasse. Seguiu até a última página, sem novos sobressaltos. Voltou. Keli leu o trecho enquanto a mulher fotografava com a câmera do celular. Nada diferente das outras páginas. Um nome, um número, uma cidade, uma data.

O ônibus freou brusco. Um dos passageiros desceu. A mulher devolveu o caderno.

"Sousane não foi a única".

Seria inconcebível fazer uma transposição rasa da conjuntura haitiana para a realidade de Alagoas. Entretanto, há fortes razões para desconfiar que os recursos a serem enviados após os recentes acontecimentos irão, de fato, chegar às mãos das quase 60 mil vítimas da S_. Para os desavisados, é bom não esquecer que estamos tratando de um estado onde há poucos anos foi deflagrada pela Polícia Federal a Operação Gabiru, responsável pela prisão de 31 pessoas, entre elas oito prefeitos, quatro ex-prefeitos, secretários municipais e empresários, acusados de desviar recursos destinados à merenda escolar. Todos os prefeitos foram soltos e muitos continuam à frente de cargos públicos. Mas não é só na baixa política que a corrupção se alastra. Senadores e deputados também estiveram envolvidos em denúncias de superfaturamento de compras públicas de kits de robótica para escolas do agreste e do sertão. Os exemplos de Haiti e Alagoas evidenciam que doações de agasalhos, alimentos e campanhas de solidariedade na internet servem apenas para suprir as necessidades emergenciais das vítimas das catástrofes e aplacar consciências. Houve quem exigisse mais.

"Tem certeza que é a mesma pessoa?"

"Sim, era ela".

Keli apontava para a foto na tela do computador. Uma mulher com rosto parcialmente coberto pelo antebraço, levada algemada para a delegacia.

"Você gravou o depoimento?"

"Do celular. No bolso. O motor do ônibus abafou algumas partes. As aspas que estão na matéria tenho todas".

O editor se remexia na cadeira do outro lado da mesa.

"E o caderno?"

"Ficou na delegacia. Mas eu tirei algumas fotos".

O prazo para o fechamento da edição impressa de domingo já estava estourado. A prisão da principal suspeita pelas mortes do 7 de setembro ocupava todos os portais de notícia. As informações eram escassas. O delegado responsável deixara para a coletiva quaisquer esclarecimentos sobre o caso. "Vamos colher o depoimento, checar as informações. Tudo será esclarecido amanhã".

"E essas cidades existem mesmo?"

"Tem diferença do nome oficial em francês, mas sim, eu chequei".

"E no abrigo, só te disseram isso?"

"Me apresentei como colega da Lucia, falei da coluna em homenagem. A coordenadora me recebeu bem, no início. Deixou conhecer o espaço, falar com algumas meninas. Tinha de tudo, mas a maioria era imigrante. Quando perguntei da Sousane, mudou o tom. Disse que não tinha autorização para falar sobre casos particulares. Insisti. Foi quando quis terminar a conversa. Só autorizou publicar a fala que está na matéria".

"E o policial, como chegou nele?"

"Tinha deixado um cartão com a menina. Mas quem me recebeu na delegacia foi outro. Ivaldo Ferreira".

"Ele confirmou a história?"

"Da cobertura, sim. Do resto, pouco".

Keli não entrou em detalhes, mas o investigador parecia encaixar peças ao ouvir seu relato e folhear o caderno. Não a interrompeu em nenhum momento. Só quando ouviu o nome da mulher do ônibus.

"Merda!"

Pegou o telefone.

"Preciso que localize um celular".

Passou o número. Era o mesmo que ela tinha em sua agenda.

"Mais tarde um caralho. Agora!"

Baixou a mão, olhou para Keli.

"Você sabe quem ela é?"

Não precisou responder. Um policial entrou na sala, esbaforido.

"Está em deslocamento. Na BR-423. Chegando em Paulo Afonso".

Ivaldo saiu em disparada.

S.R. é uma das poucas pessoas a viver os dois terremotos. Do primeiro, no Haiti, a lembrança é vaga. Não tinha mais que quatro anos à época. Do segundo, soube pouco. No *quartinho dos fundos de um apartamento de luxo nas proximidades da orla da Ponta Verde, sentiu apenas resquícios do tremor que atingiu com maior intensidade os bairros de Bebedouro, Pinheiro e Bom Parto. Sua trajetória, contudo, é um elo que une de forma macabra as duas catástrofes numa rede internacional de tráfico de armas, drogas e exploração sexual de menores envolvendo gangues, milícias privadas, oficiais do exército, executivos de multinacionais, lideranças religiosas e organizações não governamentais de fachada.*

O editor parecia se esforçar para demonstrar tranquilidade e isenção na voz em contraposição ao suor que brotava na testa e o olhar irrequieto para as mensagens que pulavam da tela do celular.

"Impressionante, Keli. O texto pode melhorar. Tirar adjetivos, frases longas, algumas afirmações fora de mão. Nada grave".

O toque do aparelho o interrompeu. Puxou rápido o telefone à orelha. Com o cotovelo apoiado na mesa, colocou a mão esquerda sobre a testa. Baixou a fronte.

"Entendi. Sim. Por isso te mandei. Pode deixar".

Desligou, levantou o olhar, forçou um sorriso.

"Como ia dizendo. Bom trabalho. Excelente. Mas não dá para publicar ainda. Confirmei com o jurídico agora. Tem que esperar a manifestação da S_. E fazer uma checagem mais cuidadosa. Muita coisa grave. Gente graúda. Vou pedir pro Fernando bater com outras fontes. Além disso, tem a coletiva amanhã. Será importante. Ele já está escalado. Talvez saia primeiro no *site*. Ou na edição impressa de segunda. Te mantenho informada".

Silenciou. Direcionou o olhar para a porta. Keli demorou um pouco antes de se levantar. Ao atravessar o vão, ouviu dois toques breves de caneta na mesa.

"Ah, e mais uma vez, parabéns. Belo furo".

Aproveitando-se da imunidade de voos oficiais da Força Aérea Brasileira durante a Missão das Nações Unidas de Estabilização no Haiti, comandada pelo Exército brasileiro, armas e munições chegavam clandestinamente em solo haitiano. No trajeto de volta, sob o pretexto de transportar órfãs do terremoto para adoção internacional, meninas serviam de mula, com quilos de cocaína coladas ao corpo ou injetadas por via oral, anal e até vaginal. Muitas delas tiveram o hímen rompido naquele momento. Em solo brasileiro, evitado o controle alfandegário, a droga era extraída e as crianças e jovens incorporadas ao tráfico humano, um setor que movimenta mais de 30 bilhões de dólares por ano em todo o mundo. Quem não fosse vendida para o exterior era aproveitada para o mercado local. Algumas, como S.R., destinadas para o trabalho doméstico em casas de família. Mantida em condições análogas à escravidão por mais de dez anos, ela só foi libertada quando seus patrões morreram, há poucos dias. Como ela, há outras centenas que, neste instante, estão confinadas em quartos minúsculos, sem instrução ou lazer, trabalhando 20 horas por dia, tendo seu corpo violado em madrugadas, sem poder colocar o pé fora das casas de seus bons patrões. Essas são, contudo, as sortudas. A maioria é direcionada para a exploração sexual, bem mais lucrativa. Na capital alagoana, a polícia desmantelou uma casa de abrigo de menores que funcionava como fachada para alimentar o que era conhecida por seus frequentadores como "marmita", uma cobertura na beira-mar da Jatiúca onde um esquema sofisticado com tabela de horários, motoristas e fluxo de deslocamentos fornecia meninas e jovens para o deleite de nomes conhecidos da elite local. Dentre eles, os quatro mortos do último feriado de 7 de setembro.

Wilson

"G9, G-Pep, 400 Mawozo, 5 seconds, Ti Mak, Baz Galil, Vilaj de Dye, Vitelhomme. São essas algumas das gangues responsáveis pela onda de sequestros e estupros que culminou no assassinato do presidente eleito no Haiti. As Nações Unidas identificaram mais de 500 mil armas em circulação na ilha. Mas não existe uma única fábrica de armamentos por lá. Mais de mil e setecentos quilômetros de costa monitorados por menos de duzentos oficiais e um único navio-patrulha em operação. De onde acham que vem esse arsenal? Não eram cisternas, doações ou mantimentos que o avião Hércules da Força Aérea Brasileira transportava nas caixas e *containers* da Santíssima Cruz. Eram rifles, pistolas, metralhadoras, munições e, muitas vezes, cocaína. As armas e munições ficavam no Haiti. A cocaína seguia para França, Itália, Suíça, Espanha, Canadá e, principalmente, Estados Unidos. A agência antidrogas norte-americana estima que um quinto de toda cocaína colombiana consumida por lá passa pelo Haiti. Não é à toa que boa parte dos voos da FAB parava para abastecer em Roraima, a poucos quilômetros da selva dominada pelos cartéis colombianos".

"Sim, houve injustiças. Não é fácil ouvir que integrantes de nossas Forças Armadas se prestaram a ações tão repugnantes. Desvios imperdoáveis, sem dúvida. Mas são exceções. Maçãs podres que não podem proliferar. Isso não justifica, não pode legitimar o justiciamento com as próprias mãos. Ao Estado, cabe a prerrogativa do uso da força, do julgamento e aplicação de penas a partir do respeito ao contraditório e devido processo legal. Se abrirmos mão deste princípio, onde pararemos? Por que estaríamos aqui? O que nos diferenciaria das gangues, das milícias, do banditismo de ontem e do novo cangaço que aterroriza tantas cidades em nosso estado? Não somos contra os matadores de aluguel, contra a gangue fardada? Não nos horrorizamos com a homofobia assassina que ceifou a vida do vereador Renildo José? Com a ganância política que matou a deputada Ceci Cunha? Por que seria diferente neste caso? Não se trata de uma reação do momento, de uma legítima defesa. Tudo foi premeditado de modo torpe e covarde. Veneno foi injetado em veias, misturado a alimentos. Se sabiam de todo o esquema, por que não denunciaram à polícia? Porque havia um interesse por trás! Ao longo deste Tribunal do Júri, um dos réus confessou que seu comparsa fora contratado por uma das gangues do Haiti para dar cabo dos fornecedores do Brasil. Era a oportunidade perfeita. Matar, vingar-se, saciar a sede de justiça com as próprias mãos era só uma fachada. O motivo principal foi o dinheiro. Lembrem-se do testemunho da senhora Débora, neste mesmo tribunal, corroborando que a ela foi prometido um valor substancial se cumprisse o que lhe foi ordenado. Todos sairiam ganhando".

"Os membros do Júri devem se perguntar onde entra Cristiano Vergara nessa história. Sim, porque temos um ex--oficial do exército que lucrou com o contrabando de armas e munições e um casal pseudoativista pelos direitos do nascituro que usou uma organização como fachada para traficar drogas e pessoas. Mas e o executivo filantropo? A verdade é que por trás das boas ações e doações robustas para causas sociais, estava um abutre sexual. O depoimento do senhor Vanderlei, ouvido por todos os presentes, deixou claro que ele era um dos mais frequentes usuários da cobertura na beira-mar de Jatiúca. Mas não só. Como demonstrou a série de reportagens investigativas juntada aos autos do processo, a S_, presidida pelo Sr. Vergara, pretendia expandir sua exploração de sal-gema em solo haitiano. Terras precisavam ser apropriadas, burocratas corrompidos e regiões despovoadas. O terremoto de 12 de janeiro de 2010 abriu portas para essa cobiça, mas não foi o suficiente. As trocas de mensagens vazadas e divulgadas comprovam que a epidemia de cólera que se alastrou pela ilha, matando mais de dez mil pessoas só naquele ano, foi disseminada por integrantes das tropas da Minustah e de milícias privadas, muitos deles de origem brasileira."

"Não estamos num país em guerra civil, não somos governados por gangues. Temos instituições sólidas, ritos, uma Constituição cidadã com mais de 30 anos de vigência, ordenamento jurídico robusto que, inclusive, conseguiu dar respostas eficazes às recentes tentativas de golpe apoiadas por políticos e empresários poderosos. Pergunto aos senhores e senhoras: quantas injustiças, agressões e desrespeitos vocês já sofreram ou presenciaram ao longo da vida? Suponho que não foram poucas. Isso lhes concedeu carta branca para fazer justiça com as próprias mãos? Não. Como todos nós, tiveram que lidar, domar, controlar a raiva, o ódio, o desejo de vingança. Não é isso que nos torna civilizados, que nos diferencia de bestas selvagens que agem por mero instinto? Por que a senhora

Judeline Pinchinati não procurou as autoridades locais? Por que só denunciou à imprensa após cometer os assassinatos, planejados e executados a sangue frio? Que mensagem vocês passariam para a sociedade alagoana caso a absolvessem?"

"Agora que estamos diante de terremotos responsáveis por tamanha destruição, caos, desabrigados e mortes, podemos sentir na pele o que é ser visto como número, estatística, dado perdido nas folhas do jornal. Quase 60 mil famílias foram impactadas pelos tremores e afundamento dos solos causados pela exploração desmedida e gananciosa da S_ nas últimas décadas. Mais de seiscentos conterrâneos nossos morreram. Sabemos o nome de todos? O que faziam pouco antes do tremor de terra? Quais eram seus planos para o dia, a vida, interrompidos abruptamente? Estampa os noticiários como se sentem seus entes queridos, passando pelo luto em abrigos improvisados, sem poder rever fotos, tocar roupas, deitar na cama, sentir o cheiro de quem se foi nos corredores e cômodos de uma casa que virou ruína? Enquanto isso, vida, obra e feitos de Vergara, Miranda e o casal Reis ocuparam manchetes, editoriais, colunas, programas de tevê. Os depoimentos e testemunhos dos últimos dias demonstraram que, enquanto pessoas eram soterradas e desabrigadas, eles se locupletavam na repugnante marmita. Pergunto aos senhores e senhoras: se essa informação fosse descoberta enquanto eles estavam vivos, qual seria nossa reação? Como agiria quem perdeu tudo, casa, bens, pessoas queridas?"

"Este não é um julgamento dos atos praticados por Cristiano Vergara, Salvane Miranda, Ariel e Lucia Reis. O que eles fizeram em vida pode e deve ser julgado e condenado moralmente pela sociedade. Mas não é objeto deste Tribunal. Aqui, eles são as vítimas de um ardil complô dos réus. Nossa bússola deve ser o Código Penal e não a moral e os bons costumes. E o Código Penal é claro nesse sentido. Estamos diante de um quádruplo homicídio qualificado, já que o veneno que ceifou a vida das vítimas foi ministrado pelos réus de maneira insidiosa e sub-reptícia".

"A promotoria gosta de afirmar que aqui estamos sob o domínio exclusivo da lei. Mas é o próprio Código Penal que, no primeiro parágrafo do artigo 121, permite ao magistrado diminuir a pena se o crime é impelido por motivo de relevante valor social ou moral, ou sob o domínio de violenta emoção. Se o juiz, que deve ser o mais imparcial de todos, pode levar em consideração as questões morais e as violentas emoções, por que não os membros do Júri? Peço que se permitam colocar-se no lugar da ré. Descobrir que sua filha de sete anos, que acreditava morta em um terremoto responsável por ceifar mais de 300 mil vidas, foi, na verdade, raptada, traficada, violentada e explorada sexualmente por aqueles que deveriam protegê-la, por quem se dizia um bom soldado, cristão devoto. Pior, não saber, até o presente momento, se ela está viva ou morta, se está perambulando pelas ruas desta cidade ou em um canto qualquer do planeta. Se ainda respira ou se está embaixo da terra, sepultada como indigente. Muitos daqui têm filhos, sobrinhos, enteados, netos. O que fariam se isso se passasse com algum deles? Qual emoção seria mais violenta que essa?"

"Ouvimos o relato da senhora Débora, uma mãe que, após sofrer covarde tentativa de golpe enquanto cuidava do filho internado no hospital, foi ameaçada e chantageada para se passar por garota de programa e obrigada a não só manter relações com um homem estranho, mas, pior, misturar em sua dose de cocaína o veneno que o mataria horas depois. Tudo isso para retirar-lhe o aparelho celular e aplacar o desejo dos réus de coletar informações sobre o fluxo de contrabando ao Haiti. Onde está a sororidade que a defesa citou tantas vezes neste Tribunal? Só vale para a ré? Alguém pensou na dor desta mãe? Ou mesmo da família do senhor Vanderlei, ao receber a foto do filho amordaçado?"

"Minha cliente optou por permanecer em silêncio, um direito previsto em nosso ordenamento jurídico. Não podemos esquecer que a presunção de inocência é um princípio fundamental que nasceu e se consolidou como conquista civilizatória, ao longo da história da humanidade, com o intuito de proteger o indivíduo das arbitrariedades estatais. Nada do que ela dissesse, todavia, alteraria a concretude dos fatos conhecidos por todos os membros deste Júri. Contudo, gostaria que, ao decidirem sobre seu futuro, tivessem em mente um contexto mais amplo. Não sei se os senhores e senhoras sabem, mas existia uma cláusula na primeira constituição haitiana promulgada após a independência do país proibindo qualquer pessoa branca, seja qual fosse sua nação, de pôr os pés novamente no país como senhor de escravos ou proprietário de terras. Pode parecer um exagero, uma retaliação irracional. Mas eles tinham seus motivos. Tida como responsável por universalizar os valores fundamentais da pessoa humana e dos princípios do Estado Democrático, dentre eles, o de que todos os homens nascem iguais e livres, a Declaração dos Direitos do Homem e do Cidadão se viu, ainda no calor de sua promulgação em 26 de agosto de 1789, diante de uma encruzilhada. É que no dia 22 de outubro daquele mesmo ano, desembarcou em Paris e bateu à porta da Assembleia Nacional uma comitiva de homens livres do Haiti, naquela época a mais próspera colônia francesa nas Américas, reivindicando para as pessoas escravizadas da ilha os mesmos direitos da Declaração. O impasse estava posto. Como poderia uma Assembleia que mal havia aprovado os

Direitos do Homem recusar-se a tratar da questão colonial e da escravidão? Houve acalorado embate sobre o tema. Apesar dos protestos da ala mais radical, encabeçada por Robespierre, acabou prevalecendo a vontade da ala conservadora, defensora dos interesses econômicos da burguesia marítima, tendo nas palavras de Antoine Banarve sua mais perfeita síntese: 'esse regime é absurdo, mas está estabelecido e uma pessoa não pode manipulá-la grosseiramente sem desatar a maior das desordens; esse regime é opressivo, mas dá sustento a vários milhões de franceses; esse regime é bárbaro, mas um barbarismo ainda maior resultará se interferirmos nele sem o necessário conhecimento'. Negligenciados pelos próceres da Revolução Francesa, os haitianos eclodiram sua própria revolução em 1791 e, após 13 anos de luta contra os exércitos da França, Espanha e Inglaterra, aboliram a escravidão e declararam a independência do país. Mais do que um dado histórico, esse fato pode ser lido como a demonstração prática e basilar da tensão com os brancos e estrangeiros naquela ilha. Ocupações militares, ditaduras sanguinárias, golpes de Estado, cólera, gangues, corrupção e exploração sexual. Como confiar nos brancos, como perdoá-los? A pele mais clara de minha cliente pode ter aberto portas, mas não a livrou dessa herança maldita. O que deveria causar indignação não é o que ela fez. Mas, sim, por que não antes, por que não mais".

"Se não fosse pela diligência dos policiais à frente da investigação e prisão dos réus, quantas outras mortes não seriam perpetradas? Vale lembrar que a ré foi detida na fronteira do estado, com passagens que a levariam até Boa Vista, Roraima. O que faria lá? A defesa trouxe uma versão mirabolante, sem nenhuma comprovação, de que estaria em busca da filha, supostamente sobrevivente do terremoto e traficada ilegalmente ao Brasil. No entanto, pensem comigo.

Não é muita coincidência que o destino final fosse justamente o principal entreposto do tráfico de drogas e armas? Mero acaso do destino? Não estaria ela buscando se apropriar do comando da rota, após apagar todos os concorrentes locais?"

"Não se esqueçam de que a senhora Judeline só foi abandonada à deriva, num barco sem combustível a quilômetros de distância da costa dos Estados Unidos, porque não se prestou a servir de mula para os coiotes traficantes. Se, no momento de maior desespero, quando sua vida estava em risco, não cedeu à tentação do tráfico, por que faria agora, depois de finalmente migrar para um novo país, exercendo há mais de dez anos a profissão de enfermeira?"

"O Espírito do Senhor se apossará de você, e com eles você profetizará em transe, e será um novo homem. Foi com a citação dessa passagem de Samuel, profeta do Antigo Testamento, que o réu, senhor Oelington, concluiu seu depoimento. Disse ter decidido aceitar Jesus e, por isso, precisava passar para o lado certo, mesmo diante de toda uma vida errada. Por essa razão se entregou, confessou e denunciou o esconderijo de seu comparsa. Mas não devemos esquecer que essa conversão só veio dias após os crimes bárbaros. Se seu ato posterior pode ser um atenuante, não diminui em nada sua participação ativa no quádruplo homicídio qualificado. Não só assassinou e raptou, como foi por bom tempo um capataz contumaz, acusado de abusos e incêndios criminosos. Além disso, aproveitou-se sexualmente de menores imigrantes, traficadas ilegalmente ao Brasil. Não estamos diante de mártires, senhoras e senhores, mas de assassinos. Homicídios são uma doença contagiosa. Um círculo vicioso. Sempre haverá alguém querendo se vingar. Como pôr fim a isso? Aqui, neste Tribunal, precisamos dar nossa contribuição".

"Vocês terão de decidir se julgam uma traficante justiceira ou uma refugiada sobrevivente vítima de uma série brutal de violências. Depende da lente que colocarem. As duas habitam o mesmo corpo, sentado aqui à sua frente". As falas da defesa e acusação ressoavam na mente de Wilson como ecos distantes. Trechos eram captados, outros perdidos. Chegado o último dia do julgamento, ainda não tinha claro qual seria seu veredicto.

A verdade é que os argumentos pouco lhe tocavam. A dicção empolada, o aumento no tom da voz para realçar determinadas palavras, as togas negras com cordão vermelho de franjas nas pontas. Tudo lhe parecia artificial, risível. Em sua cabeça, apenas o boleto do plano de saúde. A coparticipação pelos exames da mulher no último mês tornou-o impagável. Teria de pedir novo financiamento pelo cartão de crédito. Uma postergação inútil, sabia. Não conseguiria arcar com a fatura do cartão. Quitaria o valor mínimo indicado, mês sim, mês não, até receber uma notificação extrajudicial e mendigar ao gerente uma renegociação.

O escândalo envolvendo a morte de Vergara e toda a investigação sobre as ações da S_ acabaram suspendendo o pagamento das indenizações acordadas com a primeira leva de desalojados. O valor do auxílio-aluguel só lhe permitia bancar um apartamento de quarto e sala. A especulação imobiliária estourou com a súbita demanda de quem precisou desocupar os bairros afetados pelos tremores e afundamento dos solos. O quarto ficou com a filha. Ele dormia no sofá--cama. A esposa, numa casa de repouso.

Eu só gostaria de comentar que, realmente, a tivemos o melhor dos amores. A vida quis assim.

Voltava vez ou outra à mensagem que a esposa enviara pouco antes de embarcar. O *a* ali, solto, deslocado, antes do *tivemos*, sempre o intrigou. Ao ler pela primeira vez, completou mentalmente com o *não*. Era o que fazia mais sentido naquele momento. Estavam se separando após meses de briga. Uma fala ou comentário desencadeava uma alteração no tom de voz que logo se transformava em discussão, desentendimentos, acusações, berros. A filha pequena na sala, assistindo desenhos, volume alto, na vã esperança de blindagem. Da última vez, Wilson levantara-se da cadeira da mesa de jantar, deixando a esposa falando sozinha. Dirigiu-se ao banheiro, tomou banho, trocou-se, decidido a sair de casa.

Ao passar pela cozinha, avistou-a de pé, mãos apoiadas no fogão, cabisbaixa. Anunciou sua decisão. Ela levantou o rosto. Viu o desespero em seu olhar, como se, ao encará-lo, estivesse diante de um estranho, um sequestrador. Aquilo o desmontou. Colocou-se ao seu lado. Passou a mão por sua cintura. Deixou-a apoiar a cabeça em seu ombro. Era o fim.

Acertaram que ela ficaria alguns dias na casa da irmã, em São Paulo. Ele cuidaria da menina. Na volta, definiriam a divisão da guarda e dariam entrada no processo formal de divórcio. A mensagem, enviada da sala de embarque, passava a limpo os onze anos de relacionamento. Havia nela dores, decepções. Sem mágoas. Era um cessar-fogo. Ele respondeu em seguida, no calor da hora, para que ela pudesse ler assim que pousasse. Que a vida seja tão bela contigo como você é com ela, concluía.

Ela nunca chegou a ler. Um AVC durante o voo exigiu um pouso de emergência no meio do caminho. Entrou em estado vegetativo.

Wilson precisou readequar toda a rotina para recebê-la em casa depois dos meses no hospital. O plano de saúde avisou que não arcaria mais com os gastos de internação, apenas com o tratamento domiciliar. Cuidadoras se revezavam ao longo dos dias. Ele passou a se equilibrar entre a criação da filha e a busca por trabalhos que permitissem alguma flexibilidade no horário comercial e a quitação das parcelas da casa que compraram juntos. A aposentadoria por invalidez da mulher era toda destinada aos gastos médicos.

Não falou para ninguém que estavam prestes a se separar. No fundo, sentia-se responsável pelo que aconteceu. A corda foi esticada em demasia. Para ele, os nervos da mulher começaram a romper no ataque de pânico da cozinha.

Quando sozinho com a esposa, nas noites de insônia, sem cuidadoras no quarto, tentava retomar o fio das últimas conversas antes do acidente. Não era bem saudade que sentia. Raiva, peso. Duvidava se agiria diferente, caso tivesse a chance. Naqueles anos, estava preso demais a seu próprio ego, numa busca cega por relevância e transcendência. De sua mulher, queria apenas o corpo e o apoio, incondicional.

Sabia que ela o escutava. Diante do silêncio forçado, passou a interpretar gestos e mínimos movimentos. Sentia seu desconforto, sua aprovação, sua negativa, sua alegria. Percebia o incômodo com a fresta de sol que machucava seu olho em determinado momento da tarde. A coceira que o cateter do soro dava na base do pulso. Uma ruga a menos na testa e uma veia relaxada no pescoço com os primeiros acordes da música preferida escutada com a filha. O leve marejar de olhos ao descobrir que ela decidira fazer o curso técnico de enfermagem para cuidar melhor da mãe.

Com o tempo, Wilson passou a cogitar outras versões para o insólito *a* da mensagem final. E se outra fosse a palavra a completar a frase?

Eu só gostaria de comentar que, realmente, já tivemos o melhor dos amores. A vida quis assim.

O que esse *já* mudaria? Uma disposição a tentar? Naquele quarto viveu um novo casamento. Por isso, tão doído abandoná-lo.

Quando desalojados, o auxílio-aluguel repassado pela S_ não permitiu encontrar uma casa ou apartamento com portas mais alargadas e banheiros adaptados, ajustes que ele havia feito em sua casa no Pinheiro. Não foi sem culpa que se viu obrigado a colocá-la num abrigo, mesmo que de forma temporária, enquanto não recebia a indenização final pela morada condenada às pressas.

Sem a casa, sem o quarto, sem as noites a dois, ela definharia. E ele também.

O soar estridente do alarme ecoou sorrateiro pelos corredores do Fórum até invadir a sala do Tribunal do Júri e interromper a preleção final do promotor de justiça. O agudo da sirene se misturou ao rumor grave de móveis, mesas, armários, luminárias e o busto de mármore do desembargador que dava nome ao prédio tombando ao chão. Vieram os gritos e a correria estouvada.

Wilson não se apressou. Como um gado, seguiu o fluxo. Os pedaços de gesso que caíam do teto, obstruindo parte da escada, não lhe afligiram. Tudo lhe parecia lento, familiar. Desejado.

Deveria ter alegado suspeição ao receber a convocação para compor o Júri. Como ninguém percebeu que ele estava diretamente ligado ao caso? Naquela altura, naquela cidade, quem não estaria?

Ultrapassada a porta principal, enquanto jurados, promotores, advogados, juízes, policiais, repórteres e cinegrafistas se pisoteavam em direção ao ponto de encontro de emergência, sinalizado por uma enorme placa azul do outro lado da rua, Wilson pensou na esposa.

A terra também lhe tremeu? Teria sido abandonada pela cuidadora? Olhos vidrados no teto, sozinha, sentia medo ou alívio? Na contramão da manada, rumou para o estacionamento. Abriu a porta do carro. Sentou-se. Colocou a chave na ignição. Virou-a de leve, o suficiente para ligar o ar e o rádio. Tentou sintonizar alguma estação. Todas fora do ar. O prédio começou a ruir à sua frente. Aumentou o volume. Um cheiro de sargaço e vinhaça lhe tomou as narinas. Abriu o porta-luvas. O estampido do tiro se misturou ao chiado branco.

Judeline

E você, o que pensa?
Como?
A paralisação, é contra ou a favor?
O quê?
Enfermeiras do estado sem reajuste há anos, enquanto deputados aprovaram aumento do próprio salário em mais de trinta por cento. Não lhe parece errado?
Sim, sim, errado.
E por que não aderiu?
Outras coisas a fazer.
Não acha que deveriam se unir para combater uma injustiça como essa?
Injustiça? Injustiça...
Enjistis.
Kisa w kon sou enjistis?
Si m pa sove memwa pitit fi m, kiyès?
Sa fè dizan. Dis ane difisil.
Se lavi twop rèd sa a ki te ban m yon nanm rèd.
M pat malad, pat fatigè, pat fache. Emosyon endefini te pran m. Dezi dezespere retounen, gen l sou janm, pèdi dwèt

m nan cheve l, santi nan bouch m sèl lanmè a ki te evapore sou po li, chat ak l.

Mo pa m yo te jis mo. Repwodiksyon enpafè bagay k pa enpòtan. Men te gen yon bagay nan pawol li k m pa ka eksplike. Pou santi yo ankò m tap rete nan fènwa, tèt m peze sou tab la, foto a kole nan zye m, jiskaske m pa kon k lè, nan efò pou imajine jou sa a atravè je li.

Ki dènye panse l te gen?

Poukisa m pat la pou konsole l, tankou lè li te pa sante, n te dòmi ansanm, kò tèt kole, ak pwent dwèt nou youn karese bouch lòt?

M te repase chak segonn nan madi sa a. Depi lè m leve jiska kat senkant-twa nan apremidi. Anyen. Pat gen okenn siyal. San preparasyon, san siyifikasyon. Sèlman rive.

Se m menm ki ta dwe antere.

Nan minit apre tranbleman tè a, m t mache nan debri sa ki lopital m ta fini rezidans m an te kote. Ant rèl, sirèn ak kòn, m te wè yon men ki soti nan dekonb yo. Klou byen pentire, petèt antisipe yon nwit nan fèt ak romans. M te siprime anvi pou rale li, kon k li te ka fè ka zo kase vin pi mal. Kòm si netwaye yon sit akeyolojik, m t retire debri ki antoure yo.

Se lè sa a m reyalize.

Li te sèlman egziste jiska mwatye avanbra a.

M te vire bra sa.

Zo, vyann ak misk mande èd, vle soti nan debri yo, menmsi te konnen pat gen anyen ki rete pou sove.

Nan jou ki vin apre yo, lè syèl la pa tonbe sou tè a, wotin nan te kontinye bò kote m, zanmi yo sispann rele m, swiv te vin ensipòtab. M t kraze tèt m, m t estwopye. Lejounen yo t se yon chay. Fòk t m chèche yon lot tè a.

Nan vil sa a m te eseye efase tras ayisyenis m an. M t eseye long tan pwouve k m pat sovaj. Men, kisa n ye alafen? Yon ti kras poli, yon ti kras sivilize, lòt lang, lòt koutim. Okenn sa a ka kache ensten inkonstan, entèlijans konfonn, admirasyon pou bagay ki klere.

Barbar, san dout.

N kite, men n pran tè n li avèk n. Toujou santi a etranj nan deplasman. Peyi memwa a pa anfòm nan reyalite. Ki jan n fè pon fini ant sa n sonje ak sa ki fòk pral vin?

Sa ki t pase a t twop diferan d sa m t espere. Absid.

Ki mons ki ka fè sa?

M santi travèse, vale. Depi m dekouvri albòm a nan manson a. Yon moso nan lavi l ki pa pou mwen. Vye kochon sa tap karese imaj li nan lannwit lan, pase dwèt li sou figi estatik, sonje, souri. Jis panse sou li fè m dezoryante.

M t gen de fineray. Tranbleman tè a ak dekouvèt la apre. Pa janm jwenn kò li. Yo pa t kite m retire debri yo. M antere yon poupe ak moso nan yon kò. Ki m pa konnen si se te li.

Chak ti fi k te pase m ta ka pitit pa m. M ta rekonèt li si m te wè li pase bò kote m?

M pat ka fout cede. Kòlè m tounen sètitid. M t nouri fristrasyon ak dezi pou tire revanj, menm kon kote chimen sa a te vinn n.

M pat ka di pitit m an, repoze anpè. Nanm tumultuous li ta detekte manti a. Avan, ta fòk m wè kabrit vòlè yo ki te kidnape l an devan m. Fòk yo tande m kriye. Fòk m wè pè nan retin yo jiska yo mouri. Dousman. Sèlman aprè sa a, map ka vizite tonm li e m ap di l: w lib, ti cheri.

M pat pwazonnen inosan. Lè regrèt rive nan bouch m, m t vale yo.

M ta vle kòmanse pi bonè kolekte dèt sa a annatant pou yon tan long, ki pat m men sèlman. Se sa ki te kenbe m viv, sa ki pa kite m plonje lannwit sa a, nan lanmè a, sa ki mennen m isit.

W pa ka konprann.

W ka rewè gravasyon sa a jiska memorize ritm lan, poz yo, respirasyon an, petèt repwodui mo pou mo sa m di. Menm si sa, w p ap santi sa m te santi.

Men, nan kèk pwen blesi sa a dwe fèmen. M pap viv akoz rayisman.

Lè yo vle touye chen yo di l fou. M pa fou. M pa vle lajan, m te vle pitit pitit. Pa gen reparasyon ka ban m sa.

Vwa l kontinye ap karese m.

Ki sa lap di?

Tout sa m vle se tande l yon pi fwa.

Denyè pawol ki li poko di*.

* *Injustiça.*
O que sabe de injustiça?
Se não eu, quem salva minha menina do esquecimento?
Dez anos já. Dez anos difíceis.
Essa vida amarga me endureceu a alma.
Não fiquei doente, cansada, com raiva. Outra coisa me tomou. Desejo louco de voltar, ter ela no colo, perder os dedos em seu cabelo, sentir na boca o sal do mar em sua pele, conversar. Minhas palavras eram nada. Repetição imperfeita de coisas sem importância. Mas as dela tinham algo que não sei. Para senti-las, ficava no escuro, cabeça apoiada na mesa, grudada na foto dela, até não sei quando, tentando imaginar aquele dia através de seus olhos.
Qual foi seu último pensamento?
Por que não estava lá para consolá-la, como nas vezes em que ficava doente e dormíamos juntas, rostos colados, com a ponta dos dedos acariciando os lábios da outra?
Remoí cada segundo daquela terça. Desde quando levantei até as quatro e cinquenta e três da tarde. Nada. Nenhum sinal ou preparação. Sem sentido. Aconteceu, apenas.
A soterrada devia ser eu.
Nos minutos seguintes ao terremoto, caminhei pelos escombros do hospital onde completaria o último ano de residência. Entre gritos, sirenes e buzinas, vi uma mão emergindo das ruínas. Unhas bem pintadas, tão brilhantes que pareciam feitas naquela mesma manhã, antevendo talvez uma noite de festa e romance. Reprimi o ímpeto de puxá-la, sabendo que poderia aumentar as fraturas. Como se limpasse um sítio arqueológico, retirei os destroços ao redor.
Só então percebi.
Existia apenas até metade do antebraço.

Me tornei aquela mão.

Ossos, carne e músculos suplicando socorro, almejando sair dos escombros, mesmo sabendo que nada mais havia a salvar.

Nos dias que se seguiram, quando o céu não caiu, a rotina ganhou tração e os amigos pararam de ligar, seguir era insuportável. Quebrada, inválida. Um fardo. Tinha de procurar outro morar.

Aqui, nesta cidade, tentei apagar os vestígios de haitianismo. Provar que não era uma selvagem. Mas, ao final, o que somos? Um pouco mais polida, civilizada, outras línguas, outros costumes. Nada disso é capaz de esconder os instintos à flor da pele, a inteligência confusa, o fascínio por coisas brilhantes.

Bárbara, sem dúvida.

A gente sai de lá, mas leva o lá com a gente. Tentando pisar de novo, voltar. Mas daí vem a sensação estranha de deslocamento. A terra da memória não se encaixa na real, atual. Como fazer a ponte entre o lembrado e o porvir?

O que aconteceu foi bem diferente do esperado. Absurdo. Que monstro faz isso?

Me senti atravessada, engulhada. Desde que descobri o maldito álbum na mansão. Um pedaço da vida dela que não era meu. Aquele homem acariciando sua imagem no meio da noite, passando o dedo no rosto estático, relembrando, sorrindo. Só de pensar, me desnorteio.

Foram duas mortes. A do terremoto e a descoberta, depois. O corpo dela nunca foi encontrado. Não me deixaram retirar os escombros. Velei sua boneca. Enterrei pedaços de um defunto. Que não sei se era ela.

Cada menina que passa por mim poderia ser minha filha. Reconheceria se a visse?

Não podia desistir. Minha raiva se transformou em certeza. Fiz da angústia e do desejo de vingança minha comida, mesmo sabendo onde essa trilha me levaria.

Não podia dizer: descanse em paz. Sua alma perturbada notaria a hipocrisia. Antes, precisava ter na minha frente os ladrões de cabrito que a sequestraram. Fazê-los ouvir meu choro. Ver o medo refletido em suas retinas antes da morte. Devagar. Só então poderia visitar o túmulo de minha menina e falar: você está livre.

Não envenenei inocentes. Quando arrependimentos vieram à minha boca, eu os engoli.

Queria mais. Não vou mentir. Começado antes ou executado por mais tempo a cobrança de uma dívida há muito pendente, que não era só minha. Foi o que me manteve viva, não me deixou afundar aquela noite, no mar, e me trouxe até aqui.

Você não entende.

Pode rever essa gravação até memorizar ritmo, pausas, respiração, reproduzir palavra por palavra. Mesmo assim, não vai sentir o que senti.

Mas tem uma hora que não dá mais. Acabou. Não vou viver pelo ódio.

Quando querem matar um cachorro, chamam de louco. Não estou doida. Não quero dinheiro, queria netos. Não tem reparação pra isso.

Sua voz me acaricia.

O que ela fala?

Só queria ouvir uma vez mais.

A última palavra que ainda não disse.

***

Glossário

Lakwa Sen: Santa Cruz.

Bisantnè: Bairro de Porto Príncipe, capital haitiana.

Ti wouj: Ruivinha, na tradução literal. Termo usado no interior do Haiti para designar os camponeses de pele mais clara.

Kreyòl: De base africana e francesa, é a língua criada pelas pessoas escravizadas na época colonial, sendo, atualmente, um dos idiomas oficiais do Haiti, ao lado do francês.

Blan: branco.

Kabrit vòlè: Ladrões de cabrito.

Konpa: gênero musicial haitiano popularizado a partir dos anos 1950.

Tèt chaje, mezanmi: Complicado, meu amigo.

Belle de Jour (em francês): A bela da tarde, filme de Luis Buñuel.

Après tout, faites ce que vous voulez avec moi (em francês): Depois de tudo, faça o que quiser comigo.

Koupe tèt, boule kay: Cortar cabeças, queimar casas.

Kap Ayisyen: Cidade localizada na região norte do Haiti.

Haïti Progrès: Jornal haitiano de periodicidade semanal.

Zanfan Tradisyon Ayisyen: Filhos da tradição haitiana.

Rekonstriksyon peyi a ak refondasyon anba dikta Minustah? Non: Reconstrução do país e refundação sob a ditadura da Minustah? Não.

Bwa Kayiman: Localidade próxima à cidade de Kap Ayisyen onde se realizou, em 14 de agosto de 1891, a celebração vodu que planejou o início da Revolução Haitiana.

Boukmann: sacerdote do vodu que conduziu a cerimônia de Bwa Kayiman.

Mòn Wouj: Comuna rural pertencente à cidade de Plèn Dinò, na região norte do Haiti.

Manbo: Sacerdotisa.

Lwas: Espíritos.

Ayibobo: Amém.

Dessalines: Jean Jacques Dessalines foi um dos líderes da Revolução Haitiana, tendo proclamado a independência em 1804 e promulgado a primeira constituição do Haiti como país livre em 1805.

Bel dan pa di zanmi: Belos dentes não significam amigos.

Monchè: Minha querida.

Se pa vre, madam: Não é verdade, senhora.

Aprè dans tanbou lou, kanmarad: Depois da dança os tambores são pesados, camarada.

Dye mon, gen mon: Atrás das montanhas, mais montanhas.

Danse: Dançar.

Lamour, kòb, Brezil: Amor, dinheiro, Brasil.

Sen Mak: Cidade localizada na região central do Haiti.

Toro: Refrigerante produzido no Haiti.

Masisi: Gay.

Delmas 46: Rua da capital Porto Príncipe.

Fini gas: Acabou a gasolina.

Fók w ede n tampri: Por favor, nos ajude.

Avan w monte bwa, gade si w ka desann li: Antes de subir numa árvore, veja se consegue descer.

M te tuye kabrit vòlè sa yo: Eu matei esses ladrões de cabrito.

Dajabón: Cidade localizada na região norte da República Dominicana, divisa com o Haiti.

Wanamèt: Cidade localizada na região norte do Haiti, divisa com a República Dominicana.

Klerèn: Aguardente.

Pa pè: Não tenha medo.

Si w pa dodo, krab la va mange w: Se você não dormir, o caranguejo vai te comer.

Di fwomaj: Diga queijo, diga xis.

Lapli ki tombe pa tounen nan syèl la: Chuva que cai não volta ao céu.

400 Mawozo, G-Pep, G9, 5 seconds, Ti Mak, Baz Galil, Vilaj de Dye, Vitelhomme: Nomes de gangues armadas haitianas.

Savane Diane: Cidade localizada na região central do Haiti.

Bagay la fou: A parada é louca.

Toussaint Louverture, Capois La Mort, Alexander Petion, Henri Kristophe e Jean Jacques Dessalines: líderes da Revolução Haitiana.

Dodo titit, krab nan kalalou: Dorme, pequenino, o caranguejo está no prato.

Pòsali: Cidade localizada na região sul do Haiti.

Ans wouj: Cidade localizada na região norte do Haiti.

Sen Michèl: Cidade localizada na região central do Haiti.

Ki sa w vle?: O que você quer?

Dako: De acordo.

Pa isit. Aswè. Liy 197. Dènye: Aqui não. De noite. Linha 197. Última.

Chita. Tann. M pral jwenn w. Pa blie kaye: Sente. Espere. Vou te encontrar. Não se esqueça do caderno.